Deseo

Recuerdos del pasado

Yvonne Lindsay

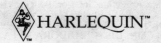

HARLEQUIN

Editado por HARLEQUIN IBÉRICA, S.A.
Núñez de Balboa, 56
28001 Madrid

I.S.B.N.: 978-84-671-6647-7
Depósito legal: B-40768-2008
Editor responsable: Luis Pugni
Preimpresión y fotomecánica: M.T. Color & Diseño, S.L.
C/. Colquide, 6 portal 2 - 3º H. 28230 Las Rozas (Madrid)
Impresión y encuadernación: LITOGRAFÍA ROSÉS, S.A.
C/. Energía, 11. 08850 Gavá (Barcelona)
Fecha impresion para Argentina: 11.5.09
Distribuidor exclusivo para España: LOGISTA
Distribuidor para México: CODIPLYRSA
Distribuidores para Argentina: interior, BERTRAN, S.A.C. Vélez
Sársfield, 1950. Cap. Fed./ Buenos Aires y Gran Buenos Aires,
VACCARO SÁNCHEZ y Cía, S.A.
Distribuidor para Chile: DISTRIBUIDORA ALFA, S.A.

Capítulo Uno

¿Su esposa?

¿Cómo podía haber olvidado algo así?

¿A alguien como él?

Belinda observó al callado desconocido que estaba al lado de su padre, a los pies de la cama del hospital. Era alto, y parecía como si su ropa de diseño le quedara grande. El desconocido tenía la mano izquierda metida en el bolsillo del pantalón, mientras que la derecha descansaba sobre un brillante bastón negro.

Ni siquiera sabía su nombre. ¿Cómo podía estar casada con él sin saberlo? Sintió una punzada de miedo.

Sus brillantes ojos verdes no se apartaban de su rostro. Una expresión velada de algo parecido a la furia le cruzaba el rostro. Pero su gesto permanecía inescrutable. Las duras líneas de su cara denotaban una voluntad de hierro. Aquél no era un hombre que tolerara tonterías.

Belinda respiró agitadamente. No le conocía, ¿cómo esperaban que se fuera a casa de un perfecto desconocido?

Miró con temor a su padre. La sonrisa que él le devolvió parecía falsa; las arrugas de su rostro, más profundas de lo habitual. De pronto, el deseo que sentía por salir de aquella habitación del hospital de Auckland desapareció y aquel lugar del que quería huir se convirtió en una especie de santuario.

Entonces se le cruzó por la cabeza una idea perturbadora.

—Si eres mi marido, ¿por qué no has estado aquí a mi lado, como mis padres? Hace dos semanas que salí del coma.

Belinda captó una mirada entre su padre y el hombre que aseguraba ser su esposo, y vio que su padre asentía casi imperceptiblemente.

—El accidente que te hizo perder la memoria también me hirió a mí. Ahora estoy preparado para volver a casa. Contigo.

Había muchas cosas que no estaba diciendo, y lo que se callaba provocó en Belinda más ansiedad que saber que también él había estado hospitalizado. Nadie había entrado en detalles respecto al accidente que la había dejado en coma durante cuatro semanas. Durante las dos últimas, los médicos le hicieron todo tipo de pruebas para intentar descubrir la causa de su amnesia, y habían llegado a la conclusión de que no guardaba relación con el golpe en la cabeza que había sufrido en el accidente de coche. Había escuchado las frases «amnesia traumática» y «amnesia histérica» pronunciadas en voz baja.

La última le había hecho estremecerse. Se preguntaba si eso la convertía en una loca, el optar por olvidar una parte de su vida que para todo el mundo estaba repleta de emoción, alegría y pasión. ¿O tenía una buena razón para querer olvidar?

Volvió a mirar al desconocido. Si había estado en el hospital, se explicaba que la ropa no le quedara perfectamente. Entonces se le cruzó otro pensamiento por la cabeza: ¿Habrían hecho coincidir su alta médica con la suya? Una oleada de protesta se apoderó de ella.

La habían manipulado.

–No, no lo haré. No iré a casa contigo. ¡Ni siquiera te conozco! –su tono de voz reflejaba pánico.

El desconocido entornó los ojos y apretó un músculo de las mandíbulas.

–Me llamo Luc Tanner, y tú eres Belinda Tanner… Mi esposa. Por supuesto que vendrás a casa conmigo –señaló con un gesto de la cabeza a su padre–. ¿Crees que tu padre estaría dispuesto a perderte de vista si yo fuera una amenaza para su preciosa hija? Quédate tranquila, me conoces bien.

Su tono de voz implicaba algo que no supo discernir, pero que le provocó un escalofrío en la espina dorsal. Sacudió ligeramente la cabeza para librarse de aquella sensación.

–¿Por qué no puedo irme a casa con papá? Al menos hasta que recupere la memoria.

–¿Y si no la recuperas nunca? ¿Tendremos que olvidarnos de nuestro matrimonio para siempre? ¿De los votos que nos juramos el uno al otro?

Aquélla era una buena pregunta. ¿Y si no volvía a recuperar los meses que había perdido? ¿Y por qué, si podía recordar tantas cosas, no recordaba nada de su noviazgo ni de su matrimonio, del amor que supuestamente habían compartido?

Belinda se estremeció. ¿Habrían compartido intimidad? Seguramente sí. Incluso en ese momento su cuerpo se derretía ante el suyo en un reconocimiento físico que su mente se negaba a aceptar. Era un hombre muy atractivo a pesar de ese aire introvertido que le rodeaba. Un sonrojo acalorado se le subió a las mejillas mientras observaba sus facciones: la cicatriz rosada que le cruzaba el rostro desde el pómulo hasta la mandíbula, la nariz recta, la sensual curva de los labios… ¿Habían yacido juntos, disfrutando de los olores mutuos, del placer? ¿Había acariciado ella aquel cabello color arena?

Cuando volvió a hablar, la voz del desconocido le resultó como una caricia sensual de terciopelo sobre la piel.

—Belinda, sé que tienes miedo, pero soy tu esposo. Si no confías en mí, ¿en quién vas a confiar? Superaremos esto —le aseguró con dulzura—. Y si no recuperas nunca la memoria, construiremos nuevos recuerdos.

¿Nuevos recuerdos? ¿Por qué aquella idea le provocaba una punzada en el corazón? Le dirigió una mirada suplicante a su padre.

—¿Papá?

—Estarás bien, cariño. Además, ya sabes que tu madre y yo teníamos pensado viajar durante un tiempo. Pospusimos el viaje debido al accidente. Ahora que Luc y tú estáis otra vez bien podemos recuperar nuestros planes. Ve a casa con Luc, cariño. Todo va a salir bien.

¿Eran imaginaciones suyas, o el tono de su padre resultaba demasiado enfático?

Luc extendió la mano izquierda hacia ella, una mano en la que brillaba el oro del anillo de casado. Un anillo que supuestamente ella le había puesto mientras declaraba su amor por él delante de varios testigos.

Belinda se dio cuenta súbitamente de que su propia mano estaba desnuda. Ni siquiera había una marca en el dedo en el que supuestamente debió llevar el anillo.

—Ah, sí, por supuesto. Tus anillos —Luc deslizó la

mano en el bolsillo delantero de su chaqueta y sacó dos anillos. Se acercó cojeando a la cama–. Permíteme –sus dedos resultaban sorprendentemente cálidos. Se curvaron alrededor de la mano de Belinda en un gesto tierno y al mismo tiempo claramente posesivo mientras la ayudaba a ponerse de pie.

Deslizó la banda de platino engarzada con una hilera de diamantes blancos en su dedo. La luz de la habitación despertó el fuego y el brillo de las piedras, y Belinda luchó contra el temblor que le atravesó el cuerpo, contra la impresión de haber sido marcada como propiedad de Luc Tanner. Una desconcertante sensación de *déjà vu* se apoderó de ella cuando en su cabeza surgió la imagen de Luc colocándole el anillo en el dedo en otro momento y en otro lugar. Hizo un esfuerzo por aferrarse a aquel recuerdo, por tomar conciencia de los meses perdidos, pero la imagen desapareció tan rápidamente como había llegado, dejándola vacía y sola.

Fue entonces consciente de que los largos dedos de Luc deslizaban otro anillo en su dedo hasta hacerlo descansar al lado del de casada. Aquel resplandeciente diamante azul grisáceo brillaba con un frío fuego. Belinda contuvo la respiración ante el tamaño y la belleza de aquella piedra.

–¿Yo… yo elegí esto?

Luc frunció sus oscuras cejas en un gesto que le hizo parecer más temible todavía.

–¿Tampoco te acuerdas de esto? Durante un momento me había parecido que sí.

–No –respondió ella en un susurro–. No me acuerdo de nada.

–Encargué este anillo para ti el día que te conocí.

–¿El día que nos conocimos? Pero... ¿cómo? –Belinda lo miró sorprendida.

Luc le sostuvo la mirada.

–Ese día supe que serías mi mujer.

La risa de Belinda sonó forzada incluso para ella misma.

–¿Y yo no tenía nada que decir al respecto?

–Belinda –Luc pronunció cada sílaba de su nombre con cuidado, haciéndolas sonar como una caricia–. Antes me amabas. Y volverás a amarme.

Se llevó su mano a los labios y le depositó un beso en los nudillos. Sus labios resultaron sorprendentemente frescos, y un escalofrío de deseo le atravesó el cuerpo. ¿Qué sentiría si la besara? ¿Serviría eso para destapar el pasado y las memorias enterradas dentro de su mente?

Luc la atrajo hacia uno de sus costados. La impronta del calor de su cuerpo le atravesó la ropa y llegó hasta la piel. Ella se apartó lo suficiente como para romper aquel molesto contacto que le había acelerado el pulso. Su cuerpo le resultaba extraño, y sin embargo, se sentía atraída hacia él al mismo tiempo. Si habían estado casados, si habían compartido intimidad, tendría algún recuerdo físico implantado en la psique.

–El helicóptero está esperando. No podemos obstruir el helipuerto del hospital más tiempo del absolutamente necesario.

–¿Helicóptero? ¿No vamos a irnos en coche? ¿Es que vamos muy lejos?

–La hacienda Tautara está al sudeste del lago Taupo. Tal vez volver allí te ayude a recordar.

–El lago Taupo… Pero eso está casi a cuatro horas en coche de aquí. ¿Y si…?

Su voz se fue apagando, indefensa. Allí no habría nadie para ayudarla si los miedos que poblaban su conciencia se hacían más fuertes de lo que podía soportar.

—¿Y si… qué? —espetó Luc apretando los labios con gesto adusto.

—Nada.

Belinda dejó caer ligeramente la cabeza, permitiendo que su melena le cubriera la cara para ocultar así las repentinas lágrimas que le quemaban los ojos. Todo su interior le gritaba que aquello no estaba bien, pero no podía recordar por qué. Los médicos le habían dicho que con el tiempo recuperaría la memoria, que debía dejar de forzarse, pero en aquel momento el negro vacío de su mente amenazaba con apoderarse de ella.

—Entonces, vayámonos.

Belinda dio dos pasos al lado de Luc y luego se detuvo, provocando que él perdiera ligeramente el equilibrio. Ella se dio cuenta de que utilizaba el bastón para recuperar la estabilidad. ¿Se habría recuperado completamente del accidente? Tenía la sensación de que aquélla era una pregunta que no debía hacer, él era demasiado orgulloso como para admitir fallos físicos o debilidad. Apartándose de Luc, se giró hacia su padre con los brazos extendidos para darle un abrazo.

—Te veré pronto, papá. Dile a mamá que la quiero —observó su rostro una vez más para ver si encontraba alguna pista de por qué se sentía tan fuera de lugar como una colección de alta costura del año anterior, pero su padre se negó a mirarla directamente a los ojos. Se limitó a estrecharla con fuerza entre sus brazos, como si no quisiera dejarla marchar.

–Se lo diré. No ha podido venir a la visita de hoy, pero pronto te veremos los dos –aseguró Baxter Wallace con voz tensa.

–Baxter –la voz de Luc cortó el aire con la precisión del acero fino, y su padre dejó caer los brazos a los costados.

–Adelante, cariño, todo va a estar bien. Sólo espera y verás –la urgió.

–Por supuesto que todo va a estar bien. ¿Por qué habría de ser de otra manera? –Luc colocó el brazo de Belinda en el suyo y abrió camino hacia la puerta.

Más tarde, cuando el helicóptero salió del helipuerto, Belinda trató de recordar por qué se puso tan contenta cuando el médico le dijo que aquella tarde le darían el alta. Ahora no se sentía así en absoluto. Lo único que tenía era la ropa que llevaba puesta y los anillos en el dedo; anillos que le resultaban tan extraños como el hombre que era su marido. Ni siquiera tenía unas gafas de sol para protegerse de la intensa luz del sol de la tarde.

Miró de reojo a su esposo, que se había sentado al lado del piloto en la cabina. Su esposo. Por mucho que le dijeran lo contrario, era un desconocido, y en lo más profundo de su corazón sabía que seguiría siéndolo durante mucho, mucho tiempo.

«Antes me amabas. Y volverás a amarme».

Sus palabras resonaban dentro de su cabeza mientras le dio por pensar que él no había dicho nada respecto a sus sentimientos hacia ella. Ni una sola palabra de amor había salido de sus labios desde el momento en que puso sus ojos en él. Aquella certeza le provocó un nudo en la boca del estómago.

***

Los doloridos huesos de Luc experimentaron una sensación de alivio cuando su helicóptero se acercó a la hacienda Tautara, llamada así porque estaba situada en lo alto de la colina frente al río que iba a dar al lago más grande de Nueva Zelanda. Hizo un esfuerzo por no frotarse la cadera para aliviar el dolor de estar sentado en el confinamiento de la cabina del helicóptero. Había aceptado que no era capaz, al menos aquella vez, de pilotar él mismo el aparato. Recuperarse de la cadera rota le había llevado más tiempo del esperado cuando una infección del hueso retrasó su rehabilitación. El hecho de saber que su esposa estaba sólo a unas plantas de él, atrapada en un coma que había dejado perplejos a los médicos, había servido para acelerar su recuperación. Belinda salió del coma justo cuando él comenzó su terapia intensiva y aceptó el reto de recuperar la fuerza anterior que tenía su cuerpo. No tenía la menor intención de aparecer como un inválido la primera vez que ella lo viera después del accidente. Se había esforzado mucho aquella última semana, pero había valido la pena. Ya casi estaba en casa.

Con ella.

El helicóptero siguió el camino de uno de los afluentes del lago en el que Luc alojaba con frecuencia expediciones de pesca de truchas para sus huéspedes famosos, y se sintió a gusto en aquel paisaje familiar. Notaba la energía de la tierra que tenía debajo. Sí, allí se curaría más deprisa y estaría a cargo de sus propios progresos. A cargo de su vida. Como debía ser.

Miró de reojo hacia atrás, donde Belinda miraba fijamente por la ventanilla. Una feroz oleada de posesión se apoderó de él. Era suya. Con memoria o sin ella, las cosas volverían a ser como deberían haber sido siempre… Antes del accidente.

Sus ojos azul grisáceo se mostraban serios mientras miraba a su alrededor con el rostro pálido y los puños cruzados sobre el regazo. Apenas se había movido durante todo el vuelo. Luc supuso que estaría pensando. No recordaba cómo le conoció. No recordaba su noviazgo ni el día de la boda. No recordaba el accidente. Una parte de él deseaba que nunca lo hiciera.

Cuando el helicóptero ganó altura, volaron en círculos alrededor de la hacienda de Tautara. Luc sonrió. Aquella hacienda era un monumento a su éxito y a su poder, y era conocida en todo el mundo entre la gente rica, los famosos e incluso la realeza por sus instalaciones. Y era su hogar, algo que nunca había conocido con anterioridad. Recordó las palabras con las que su padre le machacaba una y otra vez: «Nunca llegarás a nada. No conseguirás nada de lo que te propongas».

«Te equivocaste, viejo», se dijo para sus adentros. «Poseo todo lo que tú nunca tuviste».

Sí, ahora que habían regresado, todo iría bien.

El piloto aterrizó el helicóptero en la pista diseñada para ello y Luc se bajó, girándose después para ayudar a Belinda a descender de la cabina. Caminaron en silencio hacia la casa que se alzaba frente a ellos. Belinda se detuvo.

–¿Ocurre algo? –preguntó Luc conteniéndose para no agarrarla del brazo y arrastrarla hasta la entrada.

–¿Yo he estado aquí antes? –preguntó dubitativa.

–Por supuesto. Muchas veces antes de la boda.

—Debería recordar algo, pero no lo consigo.

Luc notó su frustración y sintió una breve pero innegable corriente de simpatía por ella. Aquella sensación desapareció tan deprisa como había llegado.

—Entremos en casa. Tal vez haya algo que te dispare la memoria.

La tomó de la mano y experimentó una sensación de alivio cuando sus delicados dedos se curvaron alrededor de los suyos, como si tuviera miedo de dar un paso más sin tenerlo a él al lado. Se le asomó a los labios una sonrisa, y con los dedos de la otra mano apretó con fuerza la cabeza del bastón hecho a medida, un recuerdo de la discapacidad que permanecería para siempre como legado de su corto matrimonio.

Tanto si Belinda llegaba a recordar alguna vez como si no, la tenía de vuelta en Tautara, el lugar al que pertenecía. Cuando cruzaron el umbral y pisaron el suelo de parqué neozelandés para entrar en el impresionante vestíbulo con aspecto de catedral, Luc contuvo un gruñido de triunfo. Ahora nada interferiría en sus planes. Nadie renegaba de Luc Tanner y se salía con la suya... Y menos que nadie, su bella esposa.

Capítulo Dos

Belinda miró a su alrededor con atención. Se sentía como si la hubieran desplazado completamente de su mundo. Nada en aquellas vidrieras ornamentales ni en las puertas labradas de la entrada le resultaba familiar. Estaba completamente perdida.

—Deja que te muestre nuestra suite.

—¿Nuestra suite?

—Sí, yo dirijo Tautara, que es un alojamiento de lujo para visitantes extranjeros. Pagan generosamente por su privacidad, y yo exijo tener la mía. Nuestras habitaciones están en este lado.

Luc la hizo pasar a través de otras puertas labradas y cruzaron un amplio pasillo enmoquetado de techos altos. A su derecha había una cristalera que iba del suelo al techo y ofrecía una exquisita vista del valle, con los rayos del sol brillando a los lejos sobre la superficie del lago Taupo. La serena belleza de la escena contrastaba fuertemente con los nervios de Belinda.

Cuando llegaron al final del pasillo, Luc sacó una llave en forma de tarjeta y abrió la puerta. Belinda contuvo la respiración al encontrarse con la estancia que se abría ante sus ojos. Tenía dos veces el tamaño del salón de invitados de la palaciega casa de sus padres en Auckland. Y a juzgar por lo que estaba viendo, también parecía el doble de cara y de confortable. Descendió las escaleras por delante de Luc. Acarició las hojas de las palmas que estaban en las macetas que custodiaban la base de las escaleras, y rozó también con los dedos la superficie del piano de cola que había en una alcoba a la izquierda de la habitación.

—¿Sabes tocar? –le preguntó.

—Un poco –respondió Luc sin entusiasmo.

Belinda alzó la cabeza y lo miró a los ojos por primera vez desde que salieron del hospital.

—¿Tocabas para mí?

Necesitaba saberlo. El piano era un instrumento hermoso, un instrumento de pasión, capaz de expresar los más profundos anhelos y deseos allí donde no llegaban las palabras. Mientras esperaba la respuesta, los ojos de Luc cambiaron, su color se intensificó, convirtiéndose en el verde tormentoso del lago. Belinda observó también que apretaba las mandíbulas.

—Sí –respondió él finalmente–. Tocaba para ti.

Un repentino estremecimiento de deseo le recorrió la espina dorsal, y Belinda sintió que se le agitaba la respiración y la sangre se le coagulaba en las venas.

Hizo un esfuerzo por romper el contacto visual, por avanzar hacia aquella habitación decorada con tanto lujo. A pesar del valor de cada mueble, resultaba obvio que era un lugar en el que se hacía vida. O al menos se hacía hasta que ambos fueron hospitalizados.

—Te enseñaré el resto de la suite –la voz de Luc rasgó sus pensamientos como un cuchillo.

—Sí, buena idea –replicó mientras lo seguía por las

estrechas escaleras hacia el otro lado de la estancia, donde estaba la zona del comedor y una cocina pequeña pero funcional–. Así que aquí tienes de todo –comentó Belinda mientras cruzaban otro pasillo.

–Tenemos de todo.

Ella no pudo evitar percibir el sutil énfasis que había puesto en el plural «tenemos».

–El alojamiento tiene su propio gimnasio y una piscina interior –continuó Luc–. Y desde aquí puedes ver la pista de tenis –indicó señalando un ventanal–. Mi despacho está situado en el edificio principal.

–¿Tienes huéspedes en este momento?

–No. Desde el accidente, no.

Belinda arrugó la frente en un gesto confuso.

–¿Es temporada baja, o algo así? ¿No podía tu personal seguir proporcionando todos los servicios mientras tú estabas en el hospital?

–Por supuesto que sí. En caso contrario, no los hubiera contratado.

–¿Entonces?

–Esta vez estaba todo reservado por razones personales.

Ella titubeó, sintiendo cómo apretaba el bastón con más fuerza. Su cojera parecía más pronunciada.

–¿Razones personales? –probó a decir.

–Nuestra luna de miel, para ser más exactos.

Dejó escapar las palabras de los labios como si le envenenaran, y Belinda se estremeció al escuchar su tono.

–¿Cuánto tiempo llevamos casados? –preguntó con voz temblorosa.

–No mucho.

–Dímelo, Luc –Belinda apoyó la espalda contra la

pared que tenía detrás, consciente de que necesitaba su apoyo.

—Belinda, los médicos dicen que necesitas tiempo. Tienes que tomarte las cosas con calma.

—¿Cuánto tiempo llevamos casados? —insistió ella enfatizando cada palabra.

—Poco más de seis semanas.

—¿Seis semanas? Entonces eso significa… —se le quebró la voz. Le temblaban las piernas, y tuvo que agarrarse con fuerza a la pared que tenía detrás.

—No debería habértelo dicho.

Luc avanzó un paso hacia ella, pero Belinda alzó una mano en gesto de protesta cuando se inclinó para tocarla.

—¡No! No lo hagas. Estoy bien. Voy a estar bien. Es sólo que… No me lo esperaba, eso es todo.

¿Seis semanas? Eso significaba que habían sufrido el accidente poco después de la boda. Pero entonces, ¿por qué nadie le daba detalles al respecto? ¿Por qué no podía recordarlo?

Luc permaneció en silencio, mirándola como si buscara la confirmación de que, efectivamente, se encontraba bien. Luego se apartó a un lado, girándose para abrir las puertas dobles que daban a un suntuoso dormitorio. Los ojos de Belinda se dirigieron inexorablemente hacia la gigantesca cama situada sobre un pedestal que dominaba la habitación.

A pesar de las generosas proporciones del dormitorio y de la cristalera que permitía la entrada de la luz del sol, sintió como si las paredes se cernieran sobre ella. No podía apartar la mirada de la fina ropa de cama de lino, de la colcha de damasco que imitaba los tonos y las texturas de las aguas del lago que se adivinaban a lo lejos. No se había parado a pensar en cómo harían cuando llegaran allí. ¿Y si Luc esperaba que durmiera con él?

En su cabeza surgió la imagen de su cuerpo enredado en el de Luc. Se le secó la boca, dificultándole la pronunciación de las siguientes palabras.

—¿Éste es el único dormitorio?

—Sí. Cuando aumentemos la familia, ampliaremos esta parte del alojamiento. Ya tengo los planos.

—Yo preferiría dormir en otro sitio.

—Imposible. Eres mi mujer y vas a dormir conmigo.

—Pero…

—¿Me tienes miedo, Belinda?

Luc se acercó lo suficiente como para aspirar el sutil aroma de su colonia, una mezcla de lima y especias que le aceleró el pulso. Él alzó la mano para colocarle un mechón de cabello tras la oreja. Belinda inclinó la cabeza de manera casi imperceptible, rompiendo aquel tenue contacto casi antes de que tuviera lugar, aunque no pudo evitar el escalofrío que le recorrió la piel.

—¿Miedo? No. En absoluto —mintió. Estaba aterrorizada.

—¿Crees que te voy a obligar a algo? —Luc le acarició el cabello y la obligó a sostenerle la mirada.

—Yo… No lo sé —contestó ella—. No te conozco.

—Ah, en eso te equivocas, mi bella esposa. Me conoces. Íntimamente.

Dicho aquello, él se inclinó. Ella fue consciente durante un instante de la expresión un tanto desquiciada de su rostro antes de que la distancia entre ellos se acortara y la frialdad de sus labios firmes capturara los suyos. Apretó los puños para evitar levantar los brazos, rodearle con ellos los hombros y apretar el cuerpo contra el suyo para paliar aquel deseo.

Luc se apartó bruscamente de ella.

—Ya ves, después de todo no somos ningunos extraños —le brillaban los ojos, desafiándola a que negara el modo en que su cuerpo había respondido a aquel beso—. Pero no utilizaré la fuerza, eso te lo puedo asegurar.

Se dirigió entonces hacia la puerta, dejando a Belinda allí sola.

—¿Dónde vas? —le espetó. Por muy inquietante que le resultara su presencia, la perspectiva de quedarse sola le preocupaba todavía más. Luc era lo único que le resultaba vagamente familiar de aquel lugar.

—¿Ya me estás echando de menos? —sus labios se curvaron en algo parecido a una sonrisa—. Tengo trabajo que atender.

—¿Trabajo? Seguro que puede esperar. Debes de estar cansado. Cojeas más que antes.

Nada más pronunciar aquellas palabras supo que había cometido un error. A Luc Tanner no le gustaba que le recordaran su fragilidad.

—Vaya, Belinda, suenas como una esposa preocupada —le dedicó una sonrisa que nada tenía que ver con el buen humor—. Mis negocios han esperado ya más que suficiente. Te sugiero que descanses hasta la hora de la cena.

Se giró sobre la pierna buena y salió de la habitación apoyándose con firmeza en aquel bastón que sin duda había llegado a odiar con toda la pasión que se ocultaba bajo la fría superficie que le mostraba al mundo. Una pasión arrebatada que mantenía controlada mientras provocaba en ella un clamor que Belinda sabía ya que sólo él podría apaciguar.

¿Quién era su marido? ¿Qué la había atraído de él? ¿Y a él de ella?

Belinda se llevó los dedos temblorosos a los labios. ¿Había sido su atracción un fenómeno puramente físico? Si su incendiaria reacción ante su beso servía de indicador, no le cabía la menor duda de que así había sido. Pero ella nunca había sido una mujer sexual. Sus relaciones siempre habían tenido un carácter… civilizado. Pero tenía la sensación de que cualquier pretensión de civismo en Luc no era más que una máscara. Bajo la superficie se escondía una fiera indomable.

Entonces, ¿se trataba de eso? ¿Se había sentido tan atraída por su salvajismo porque estaba deseando escaparse de un mundo confinado y seguro? Belinda había trabajado muy duro para convertirse en la perfecta compañía de su padre durante los últimos años, años en los que la salud de su madre había ido en franco declive. Había dejado de lado su floreciente carrera como paisajista, conformándose con trabajos ocasionales para los millonarios amigos de su padre. Esos trabajos la hacían sentirse como si le hubieran hecho una concesión. No importaba el gran número de revistas en las que habían aparecido sus jardines; su familia, incluidas sus dos hermanas mayores, había seguido considerando su trabajo como una pequeña afición.

Belinda se acomodó en el confortable sofá de dos plazas, que estaba colocado en la mejor posición para admirar la vista del valle. Conocía todos los detalles de su vida hasta el momento en que conoció a Luc. ¿Por qué no podía recordar nada de aquellos tiempos? ¿No podía, o no quería?

Aquella pregunta le heló la sangre.

Se levantó del sofá, decidida a encontrar algo que le despertara la memoria. Luc le había dicho que había estado muchas veces en aquel lugar. Seguramente habría dejado algo de ella. Algo familiar. Vaciló un instante antes de abrir una puerta, temiendo lo que pudiera encontrar detrás. Una cosa era querer saber qué había ocurrido en el pasado, y otra muy distinta, descubrirlo.

Un suspiro de alivio se le escapó entre los labios al ver el baño, lujosamente decorado. En una de las paredes de cristal había una gigantesca bañera de hidromasaje. Un tocador doble daba paso a un cuarto en el que había una ducha con múltiples cabezales. Sin duda, allí todo estaba diseñado para dos.

Sonrió al ver sus productos de Chanel en la ducha y en el tocador del baño. Sintió cómo poco a poco iba disminuyendo su tensión interior. Aquéllas eran sus cosas. Encantada con el descubrimiento, se acercó a investigar lo que había en la otra puerta de su habitación. Se rió en silencio. Ya la estaba empezando a llamar «su habitación».

Se trataba de un espacioso vestidor con armarios suyos y de Luc a cada lado. Estaban llenos de ropa, tanto de vestir como de sport. Belinda deslizó los dedos por la tela de los diseños con la esperanza de experimentar algún flash, alguna imagen a la que agarrarse.

Un escalofrío le recorrió la espina dorsal al acercarse a una prenda todavía guardada en la funda de la tintorería. La apartó del resto. Incluso a través del plás-

21

tico protector, el sinfín de cuentas de cristal cosidas a la parte superior de aquel vestido de novia de seda marfil brillaban como lágrimas.

Belinda quitó la protección. Su traje de novia. Debería sentir algo, cualquier cosa excepto aquel vacío. Sacó por completo el vestido y se lo puso por encima, observando su figura en el espejo. Trató de imaginarse con él puesto, avanzando hacia Luc, dispuesta a jurarle su amor y entregarle su vida.

Nada.

Frunció el ceño y sintió que se le despertaba un dolor de cabeza. Frustrada, volvió a guardar el vestido en la funda y lo colgó en la percha del armario. Al hacerlo, su mano rozó el tique de la lavandería, que estaba grapado a la bolsa. Lo arrancó y le dio un vuelco el estómago al leer la nota escrita a mano en la que se decía que las manchas de sangre habían salido satisfactoriamente.

¿Sangre? ¿Suya o de Luc?

Se rascó la frente e hizo un esfuerzo mental, pero lo único que consiguió fue aumentar la sensación de jaqueca.

Siguió mirando en varios cajones que contenían ropa interior y otras prendas hasta que encontró un par de pantalones vaqueros desgastados y unas cuantas camisetas que, a pesar de estar limpias, conservaban manchas verdes. Su atuendo de jardinería. El corazón comenzó a latirle con fuerza. Por fin conseguía reconocer algo. Le temblaban las manos mientras se quitaba los zapatos y la ropa que había llevado puesta desde el hospital, ropa que sus padres le habían comprado la noche anterior. Entonces se puso los vaqueros. Le quedaban algo holgados, pero eso era normal tras su estancia en el hospital. Buscó un cinturón y después se puso una de las camisetas. Sus labios dibujaron una sonrisa. Sí, se sentía bien. Y si pudiera salir al jardín, tal vez lograra recordar algo más.

Tras dejar la ropa que se había quitado en el suelo, Belinda se calzó un par de cómodos mocasines y se dirigió a las puertas que había al otro lado del dormitorio. Las abrió y salió a un porche privado, donde aspiró el fresco aroma a hierba del aire. A la derecha del porche había unas escaleras que llevaban a unos jardines de aspecto impecable. Cuando bajó a ellos, Belinda los recorrió con la mirada en busca de alguna señal de reconocimiento como la que le había asaltado al encontrar la ropa de jardinería, pero no sucedió nada.

Los jardines eran muy extensos. El sol estaba ya bastante bajo cuando encontró la huerta de hierbas aromáticas, en cuyo centro había un arbusto de romero.

Romero… Para el recuerdo. Belinda habría soltado una carcajada ante semejante ironía si no le resultara tan doloroso. Pero de todos los rincones del jardín que había recorrido, allí era donde se sentía más a gusto. Distraída, arrancó una rama de romero y se lo llevó a la nariz para aspirar su fragante aroma.

De pronto lo supo. Aquél era su jardín. Ella había planeado la colocación de cada planta. Había plantado con sus propias manos el perejil, de eso sí se acordaba, y de cómo se había reído en su momento con algo que comentaron sus hermanas sobre que cada vez que plantaban perejil, se quedaban embarazadas. La esperanza de que aquel cuento de viejas se hiciera realidad para ella le cayó como un puñetazo en el vientre, y se sentó tambaleándose en el asiento que había en la huerta para aprovechar los últimos rayos del sol.

Se acordaba. Oh, Dios, recordaba el jardín. Pero... ¿y de lo demás? ¿Y el tiempo que sin duda había pasado allí con Luc, de sus planes para el futuro... de su amor?

Capítulo Tres

Luc arrojó su pluma Mont Blanc en el escritorio con pocos miramientos al hecho de que se tratara de una pieza única de colección. Apartó la silla y se puso de pie.

Que lo asparan si era capaz de concentrarse en algo aquel día, y sabía de quién era la culpa.

De Belinda.

Un fiero sentimiento de posesión se apoderó de él. Antes había tenido que forzarse a sí mismo a dejarla sola, a proporcionarle un poco de espacio, cuando lo único que él deseaba era volver a implantarse en su cabeza, en su cuerpo. Podría haberlo hecho. Ella había aceptado de buena gana su beso, había participado plenamente de aquel duelo de sensaciones. Pero un extraño sentido del honor se había apoderado de él, insistiéndole en que Belinda debía volver a él voluntariamente.

Luc cruzó su gigantesco despacho y se acercó a la ventana que daba a los jardines. Lo primero que pensó al ver a aquella joven vestida con pantalones desgastados y camiseta fue que una intrusa se había colado en su propiedad, pero el estremecimiento que sintió le dijo de quién se trataba. Había experimentado la misma reacción visceral la primera vez que puso los ojos en ella y decidió que sería suya. Luc sonrió.

Ampliar el jardín ya existente había sido el impulso para orquestar la llegada de Belinda a Tautara. Luc había investigado, consciente de que ella no podría resistirse a la tentación de crear un jardín de plantas aromáticas que no tuviera rival en todo el país. Ella pasaba mucho tiempo en Tautara, aunque de vez en cuando viajaba a Auckland para actuar como anfitriona en los innumerables actos sociales que organizaba su padre. Esos viajes contribuyeron al éxito de la campaña de Luc, porque pasaba fuera el suficiente tiempo como para echarle de menos y darse cuenta de que lo amaba y su sitio estaba allí, a su lado. Le había llevado su tiempo, pero consiguió su meta.

Pero es que Luc Tanner era la clase de hombre que siempre conseguía lo que deseaba, y deseaba poseer a Belinda más de lo que nunca había deseado nada en su vida. Recordó la primera vez que la había visto, en una fiesta celebrada en la boutique de un hotel que había organizado su padre.

En lugar de acercarse a ella directamente, Luc se había dirigido a su padre, Baxter Wallace, que se había reído en su cara cuando le pidió que le presentara a su hermosa hija pequeña. Sin dejarse vencer, Luc se tomó su tiempo, observándola siempre desde lejos, consciente de que a la larga conseguiría lo que quería. Y así sucedió, igual que siempre.

Cuando meses más tarde le desplumaron a Baxter varios cientos de miles de dólares en un timo de tarjetas de crédito, su banco accedió encantado a concederle costosos créditos para resolver la situación. Pero cuando a la esposa de Baxter le diagnosticaron una rara forma de cáncer que requería un caro tratamiento en el extranjero no cubierto por la compañía de seguros, los bancos se negaron a seguir financiándole. Así que... ¿dónde buscó Baxter ayuda desesperadamente?

En Luc Tanner.

Nadie más tenía los recursos ni la motivación para ayudarlo. Y aunque a Baxter le costó mucho recurrir a un hombre al que había desdeñado, al final sucumbió.

Habían llegado a un acuerdo que los satisfacía a los dos. Un acuerdo que seguía vigente tanto si Belinda recuperaba la memoria como si no.

Luc entornó los ojos cuando vio a Belinda caer sobre la superficie de un banco de la huerta con una mano apoyada en la cabeza. Algo no iba bien. Se dirigió a toda prisa hacia la puerta y llamó a Manu, el mayordomo, para que lo ayudara.

Manu llegó antes que él. A Luc le dolía la mano de apretar con tanta fuerza el bastón y maldijo en silencio aquella discapacidad que le había impedido estar al lado de su esposa cuando lo necesitaba.

–¿Qué opinas? ¿Se encuentra bien? –preguntó Luc mientras el hombre en el que más confiaba en el mundo comprobaba las constantes vitales de Belinda.

–Ya está volviendo en sí, creo que sólo se ha desmayado.

Luc se dejó caer de rodillas torpemente ignorando la punzada de dolor que le subió por la cadera. Luego le apartó a Belinda el cabello del rostro y ella abrió los ojos de par en par.

–¿Luc? –tenía la voz débil y no conseguía enfocar la mirada.

–Te has desmayado. Manu está comprobando que te encuentres bien. No te preocupes.

–Parece que está bien, Luc. No parece que se haya golpeado en la cabeza.

–¿Cómo te sientes? –Luc le pasó el brazo por los hombros mientras ella intentaba sentarse.

–No… no sé qué me ha pasado. Hace un momento me encontraba perfectamente, sólo tenía un leve dolor de cabeza, y un instante después me dolía terriblemente. Entonces aparecisteis vosotros.

–¿Y ahora? ¿Ha desaparecido el dolor de cabeza?

En cuanto entraran en casa llamaría a su neurólogo. No le gustaba el aspecto de aquella jaqueca si tenía la capacidad de hacer que se desmayara.

–Ya está desapareciendo. Estaré bien enseguida.

La palidez de su rostro contradecía sus palabras. Entre los dos hombres ayudaron a Belinda a ponerse de pie. Luc sintió como un fracaso el tener que depender de la fuerza de Manu en aquella situación. Antes del accidente, se habría limitado a levantar a Belinda en brazos y llevarla a su suite, pero ahora ni siquiera podía cumplir con eso. Caminaron despacio hasta la puerta de entrada, donde les esperaba un ascensor con la puerta abierta. Subieron un piso para llegar a la suite privada.

–Me encargaré de que os suban la cena –dijo Manu cuando los dejó en la puerta.

–Gracias por todo –Luc apretó la mano de su mayordomo.

–No hay de qué, Luc. Ya sabes que me tienes aquí para lo que quieras.

Luc asintió brevemente con la cabeza. Manu y él habían llegado más lejos de lo que ninguno de los dos quería admitir. El lazo que habían formado cuando todavía no eran ni adolescentes, rozando en ocasiones los límites de la ley en un vano intento de sacudirse la desagradable influencia de sus padres, resultaba inamovible.

Belinda se dejó caer con un suspiro en uno de los sofás de cuero que había en el salón.

–Voy a llamar a tu médico –Luc cruzó la habitación y levantó un teléfono inalámbrico que había en una mesita auxiliar. Marcó el número privado de su especialista.

–No, por favor, no lo hagas. Estoy bien. Sólo he hecho demasiado esfuerzo, eso es todo. Estaba intentando recordar y he hecho todas las cosas que me pidieron que no hiciera.

Belinda se puso de pie y le quitó el teléfono para colocarlo de nuevo en su sitio.

–Estoy bien, de verdad.

–Si sufres otro de esos dolores de cabeza, me lo dirás inmediatamente –ordenó él.

–Sí, por supuesto –Belinda lo miró un instante a los ojos antes de apartar la vista.

–Hasta que no esté completamente seguro de que no volverá a sucederte algo así, no te perderé de vista –era una promesa más que una afirmación.

–No creo que eso sea necesario, por no decir que no resulta en absoluto práctico –argumentó ella.

–Deja que sea yo quien juzgue eso. Al menos necesitaré saber dónde estás en todo momento.

Luc le tomó la mano y la acercó hasta él, colocándole la mano sobre su corazón. El aire que los rodeaba se calentó con la temperatura de sus cuerpos.

–Estuve a punto de perderte una vez. No estoy dispuesto a arriesgarme de nuevo.

Luc observó el estremecimiento que le recorrió la espina dorsal, el modo en que se le expandieron las fosas nasales, cómo abrió los ojos de par en par ante el impacto de aquellas palabras.

Belinda permitió que lo que había dicho penetrara en la oscuridad de su mente. Debería sentirse confortada por su protección, pero sólo sintió temor. Luc seguía sujetándole la mano contra su pecho, y ella trató de no fijarse en el fuerte y poderoso latido de su corazón, en los músculos que sentía bajo las yemas de los dedos.

Luc no le quitaba los ojos de encima, y ella se acercó todavía más sin darse apenas cuenta. En aquel momento no corría el aire entre ellos, sus cuerpos estaban unidos. ¿La había atraído él hacia sí o era ella quien había cruzado la barrera final que los separaba? Los músculos grandes y fuertes de sus muslos se apretaron contra los suyos, la pelvis de Belinda se acunó entre sus caderas, la suave curva de su vientre se amoldó a la dureza del suyo.

A Luc se le dilataron las pupilas y ella sintió su respiración como si le surgiera de su propio pecho. Tal vez así fuera. La línea que los separaba se borró cuando Belinda abrió los labios y se los humedeció con la punta de la lengua. Luc tenía los labios firmemente apretados y el ceño ligeramente fruncido.

–¿Luc? –la voz le nació de la garganta como una plegaria, y sintió que la tensión de Luc se relajaba cuando inclinó la cabeza y le tomó los labios en un beso que amenazó con hacerle perder a Belinda la cabeza.

Y sin embargo, había algo que le impedía entregarse completamente a sus caricias. Se retiró hacia atrás, sintiendo la pérdida de su contacto como un dolor físico cuando él le soltó la mano y dejó de sentir el latido de su corazón. Luc le dio la espalda y se pasó la mano por el corto cabello en un gesto que a ella le dijo más que todas sus palabras perfectamente calculadas. Así que su marido, aquel hombre frío y calmado, podía alterarse. Pero aquel conocimiento no le proporcionó el poder que ella esperaba.

–Voy a darme una ducha antes de que nos traigan la cena. Ven conmigo.

Su invitación, ¿o se trataba más bien de una orden?, quedó suspendida del aire mientras Luc subía cojeando las escaleras en dirección a su habitación.

A Belinda se le quedaron en la garganta las palabras con las que iba a negarse. Eran marido y mujer, por muy extrañas que le resultaran aquellas palabras. ¿Se atrevería a desnudarse delante de un hombre que le resultaba prácticamente desconocido? ¿Encontraría sus caricias familiares? Dio un paso vacilante hacia él, pero luego se detuvo, presa del miedo.

–Belinda, hablaba en serio cuando he dicho que no quería perderte de vista –Luc se detuvo en lo alto de las escaleras. El cuerpo le vibraba con una tensión que prácticamente podía tocarse–. No tienes que ducharte conmigo si eso te hace sentir incómoda, pero quiero que estés allí conmigo, en la habitación.

–De acuerdo –respondió ella con vacilación–. Pero creo que mejor me daré un baño.

–Yo te lo preparo.

–Puedo hacerlo yo sola.

–Por supuesto que puedes –su tono resultaba conciliador–. Pero deja que haga esto por ti. Por mi esposa. No hay muchas cosas que haya podido hacer por ti las últimas seis semanas.

Belinda presintió un mensaje oculto en sus últimas palabras que le dejó una sensación incómoda. Pero sacudió la cabeza para librarse de ella. De pronto no podía esperar a sumergirse en una bañera de agua clara y librarse de los últimos vestigios de su estancia en el hospital.

Cuando entró en el dormitorio, vio la chaqueta de Luc sobre la cama. Escuchó el sonido del agua sobre la inmensa bañera de hidromasaje y se sobresaltó. ¿Y si Luc había cambiado de opinión y decidía unirse a su baño? Sintió un latido en el vientre al pensarlo, aunque su mente insistía en negarlo. Dirigió sus pasos hacia el cuarto de baño. Luc estaba inclinado sobre la bañera, vertiendo un frasco de sales perfumadas en el agua. Observó cómo aspiraba su aroma, y su expresión de gozo le llegó al corazón.

No había dejado de pensar en lo que todo aquello habría supuesto para él, casarse y que luego ella se perdiera en aquella tierra baldía de la amnesia en la que no podía recordar ni el más pequeño detalle respecto a su vida en común.

—Echaba de menos esto —aseguró Luc entrando en la espaciosa habitación. Luego bajó una octava el tono de voz—. Te echaba de menos a ti.

—Lo… lo siento, Luc. Estoy intentando recordar —Belinda apretó los puños con gesto de frustración—. ¡Y algo he conseguido! He recordado el jardín. Fue entonces cuando el dolor de cabeza se volvió insoportable.

—No te fuerces, Belinda. Deja que las cosas aparezcan a su debido tiempo —Luc cerró la llave del agua—. Ya está, tienes el baño preparado.

Sin mirarla, se dio la vuelta, se sacó la camisa de los pantalones y la desabrochó. Belinda no fue capaz de apartar la mirada cuando se la sacó por los hombros, dejando al descubierto la larga línea de la espalda. Su piel todavía conservaba un suave bronceado dorado. Cuando se desabrochó el cinturón, Belinda experimentó un profundo deseo en su interior, que le duró justo hasta el momento en el que Luc dejó al descubierto la fea cicatriz que le recorría desde la cadera hasta la pierna derecha.

No pudo reprimir un grito.

–Desagradable, ¿verdad? –Luc se había girado hacia ella con un brillo de furia en los ojos–. Me han dicho que desaparecerá, y ésta también –se señaló la cicatriz quirúrgica del abdomen–. Con el tiempo. Pero siempre cojearé.

–¿Todavía te duele? –consiguió preguntar Belinda con la mirada todavía clavada en la herida. Se sintió atravesada por una punzada de culpabilidad. Estaba tan absorta en sus problemas que no se había parado a pensar en lo que Luc había debido de sufrir físicamente.

–Hay veces que duele más que otras –admitió él antes de entrar en la ducha y abrir el agua–. Adelante. Disfruta de tu baño.

Luc entró en el inmenso cubículo de la ducha y ella observó cómo el agua le caía en cascada por el cuerpo. Aunque estaba claro que había perdido peso en el hospital, todavía tenía una figura poderosa. Cuando se enjabonó el cuerpo con gel, Belinda experimentó de pronto el deseo de tener el valor de reunirse con él en la ducha. Ser ella quien le esparciera aquel líquido brillante por el pecho, a través de la rigidez del abdomen y más abajo.

Una oleada de calor se apoderó de ella. ¿En qué estaba pensando? Sólo unas horas antes, la idea de salir del hospital con él la aterrorizaba. Y allí estaba ahora, convertida en poco más que una mirona oportunista mientras Luc se solazaba bajo la ducha.

Belinda se dio la vuelta y se fijó en el baño que le había preparado. Necesitaba recogerse el pelo, así que abrió sin dudar el cajón en el que guardaba los accesorios para el cabello. Se sintió algo reconfortada por saber instintivamente dónde estaban aquellas cosas. En cuestión de segundos se recogió el cabello hacia arriba, se desvistió y se deslizó en el agua fragante. Cuando las burbujas de espuma le cubrieron el cuerpo, se relajó. Le ofrecían cierta protección para cuando Luc saliera de la ducha, pero había algo dentro de ella que la impulsaba a desear llamar su atención, algo que no podía controlar.

Y en aquellos momentos, aquél era su mayor temor. No reconocía a la mujer que se había enamorado de Luc Tanner y había accedido a casarse con él. Sin duda no se trataba de la Belinda Wallace que ella pensaba que era. Algo dentro de ella había cambiado en los últimos meses. Algo drástico. Había dejado atrás su casa de Auckland, su familia y su carrera para seguirlo a él. Belinda se deslizó más profundamente en el baño, estirando las piernas hacia delante. Mientras observaba a través de la ventana el glorioso atardecer en tonos rojos y púrpura que cruzaban el cielo, supo que debía recordar qué la había llevado a tomar aquella decisión. Debía hacerlo por ella y por Luc.

Capítulo Cuatro

A pesar de las vueltas que le había dado a cómo se enfrentaría a la salida de Luc de la ducha, le sorprendió lo familiar que resultó la situación.

A pesar de todo, sintió cómo se le cargaba la tensión en los hombros y apoyó la cabeza contra el borde de la bañera, cerrando los ojos en el momento en que le escuchó cerrar la ducha y abrir la puerta. Belinda contó hasta cien muy despacio antes de abrir los ojos de nuevo. Luc estaba frente a la cómoda con una toalla anudada a la altura de las caderas y el bastón apoyado contra la encimera. Observó cómo se esparcía espuma de afeitar por los duros ángulos de las mandíbulas y cómo alzaba la cuchilla. Había algo increíblemente sensual en el hecho de ver a un hombre afeitándose, pensó Belinda fascinada. Debió de moverse entonces, porque él se giró de pronto y la pilló mirándolo. En sus labios se dibujó una lenta sonrisa, una sonrisa que le llegó directamente al centro del cuerpo.

—¿Estás disfrutando del baño? —los ojos de Luc brillaban mientras miraba la curva de su hombro y deslizaba la vista por el brazo que tenía apoyado en el borde de la bañera.

Belinda sintió como si hubiera hecho el mismo recorrido con la yema de los dedos. Se le endurecieron los pezones bajo el agua, y sus músculos internos se apretaron en respuesta.

–Sí, es maravilloso –consiguió decir, aunque se refería más bien a la visión de aquellos músculos viriles.

–¿Tienes hambre? –le preguntó Luc.

–Sí, mucha. Será mejor que me salga.

–No, no te molestes. Comprobaré primero si la cena ya está lista –se secó el rostro con una pequeña toalla y la arrojó al cesto de la ropa sucia mientras salía del baño.

Cuando regresó, lo hizo empujando un pequeño carrito de ruedas con una mano. Al acercarse, Belinda vio que contenía una fuente grande de cerámica y un cubo de hielo en el que había una botella de uno de los mejores vinos blancos de la zona. Al lado de la cubitera descansaban dos copas de cristal de corte elegante.

–Tengo la sensación de que has hecho esto antes –comentó Belinda cuando Luc sacó la botella del hielo y la abrió con decisión ayudado por una inmaculada servilleta blanca.

–En su momento trabajé de camarero –respondió él con cautela.

Sirvió las dos copas y le pasó una a ella, luego sacó la banqueta del tocador y tomó asiento. La toalla se le abrió a un lado, dejando al descubierto su pierna derecha… y la espantosa cicatriz. Belinda apartó la vista y la clavó en la ventana. Su cercanía, su desnudez, provocaban que se le acelerara el corazón.

Se concentró en darle otro sorbo a su copa de vino. Sabía a ciencia cierta con instinto animal que nadie le había provocado nunca reacciones tan poderosas.

–Toma, prueba esto –dijo él interrumpiendo sus pensamientos.

Belinda se giró y lo vio con un trocito de queso pro-

36

volone encastrado en una loncha de jamón. Ella abrió la boca obedientemente. Si había pensado siquiera por un minuto que había recuperado el control de su equilibrio, aquella idea se hizo pedazos en cuanto los dedos de Luc rozaron sus labios. La piel se le erizó al mismo tiempo que aquellos sabores hacían explosión dentro de su boca.

–¿Está bueno? –preguntó él.

–Mmm… Delicioso.

Entonces Luc le acercó una rebanada de pan crujiente con alioli.

–Mira, prueba esto. Es una receta de Didier, nuestro cocinero, está hecho con productos de Tautara.

Cuando le acercó el bocado a los labios, una gota de aceite resbaló y fue a caerle en el escote, justo donde se unía con el hombro.

–Ah, no podemos permitir esto –murmuró Luc.

Se inclinó hacia delante, deslizándole la lengua por la piel para lamer la gota. Todos los músculos del cuerpo de Belinda se pusieron tensos. Apretó con fuerza la copa de vino.

–¿Más? –los labios de Luc estaban en su oído, su aliento le acariciaba la piel del cuello

–¿M…más? –apenas podía siquiera pronunciar aquella sílaba.

–Más aperitivos –su respiración volvió a ser como una caricia sobre su piel.

–Yo…

–Toma, prueba esto.

Incapaz de hacer otra cosa que no fuera abrir la boca, aceptó un trocito de corazón de alcachofa marinada. Luc le fue ofreciendo lentamente bocados de delicias que probaba entre sorbo y sorbo de vino. Luc llevaba el peso de la conversación, hablando de generalidades. A excepción del momento en el que le había lamido el aceite de la piel, no volvió a tocarla de nuevo, y Belinda se sorprendió al darse cuenta de que deseaba que lo hiciera. Lo deseaba de verdad.

Cuando se le vació la copa, Luc se la puso en el carrito y luego se apoyó con fuerza en el bastón para levantarse.

—Ya debe de estar preparada la cena. Te dejaré para que te seques y te vistas, a menos que necesites ayuda.

Luc la miró. Una fina capa de sudor le brillaba en la frente, y Belinda se sintió algo aliviada al comprobar que se veía afectado de forma similar a ella por la situación.

—No, me las puedo arreglar, gracias.

—Bien. No tardes mucho. Hablaba en serio cuando dije que no quería perderte de vista.

—Dentro de lo razonable, por supuesto —se sintió obligada a añadir ella, deseando desesperadamente recuperar el control de su pulso.

—Belinda, en lo que a ti se refiere no soy un hombre razonable. No me hagas esperar —sus ojos verdes desprendían calor y una sonrisa de desaprobación se le asomó a los labios. Ella se quedó mirando la puerta varios minutos después de que Luc la hubiera cerrado tras él. Sus palabras encerraban algo más que una advertencia. Encerraban una velada amenaza. Luc le enviaba mensajes contradictorios, mensajes que la confundían y la calmaban alternativamente. El hombre con el que había compartido los aperitivos era completamente opuesto al que la había llevado aquel mismo día del hospital a casa, o al que la había atendido en la huerta cuando se desmayó. Pero... ¿cuál de ellos era el verdadero Luc Tanner, el hombre del que ella se había enamorado?

Para cuando Belinda se secó y entró en el vestidor a escoger algo de ropa, Luc ya estaba esperándola en el dormitorio. Se había puesto unos pantalones vaqueros oscuros y un polo negro. Aquellos tonos hacían que sus ojos parecieran todavía más verdes de lo habitual. Belinda se quedó sin respiración al verlo. Resultaba increíblemente guapo y al mismo tiempo aterrador.

Se frotó nerviosamente las manos en los pantalones de lino color caramelo que había escogido a juego con la blusa de seda en tonos crema.

–¿Estoy bien así? –le preguntó, sintiéndose incómoda bajo su silencioso examen.

–Estás guapa con cualquier cosa. Vamos. Manu nos ha preparado la mesa en el porche para que podamos disfrutar de esta noche de verano.

Belinda le siguió a través del salón y salieron por la puerta. La luz de varias velas encendidas en el porche iluminaba una mesa puesta con mantel blanco y brillante cubertería de plata. En una mesita auxiliar había un hornillo para mantener los platos calientes, y a su lado una colorida ensalada. Durante un instante, Belinda creyó haber entrado en un cuento de hadas.

Todo resultaba mágico y perfecto: El escenario, el valle oscurecido por las diseminadas luces procedentes de la lejana ciudad de Taupo, y los suaves acordes de su ópera favorita, que sonaban a través de los altavoces colocados en el techo del porche. Todo parecía irreal, pero los aromas que despedían los platos calientes la devolvieron a la realidad. Ni en sueños había olido algo tan divino.

–Le he dicho a Manu que esta noche nos serviríamos nosotros mismos –dijo Luc retirando la tapa de uno de los platos para dejar al descubierto unas minúsculas patatas de guarnición acompañadas de cebollitas frescas.

Le pasó un plato con ribete de oro a Belinda. Su ojo experto reconoció el dibujo de aquella porcelana importada. ¿Sería la que habían elegido juntos, o la que utilizaba Luc a diario?

–Tienes el ceño fruncido. ¿Estás intentando recordar algo? –la voz de Luc atravesó sus pensamientos.

–Reconozco esta vajilla. ¿La elegimos los dos?

Los ojos de Luc mostraron sorpresa, pero la disimuló al instante antes de hablar.

–Sí, así es. Tú me ayudaste a decorar la mayor parte de la suite antes de la boda. Para ti era importante.

Y él la había animado, de eso estaba segura. Tenía la sensación de que Luc había hecho todo lo posible por mantenerla allí, por convertir la hacienda de Tautara en un hogar para ella.

–Lo sé –Belinda vaciló un instante antes de continuar–. No me acuerdo, pero aquí –se llevó la mano al pecho–, pero aquí lo sé.

Luc no dijo nada al instante, pero Belinda no pudo evitar darse cuenta de la súbita tensión que se había apoderado de sus hombros. Finalmente, dijo:

–Eso es excelente. Estás haciendo grandes progresos.

¿Le temblaba ligeramente la mano cuando preparaba los platos para ambos? Reprendiéndose a sí misma por tener tanta imaginación, se concentró en saborear los filetes de trucha al grill aderezada con una salsa de hierbas, patatas y ensalada verde, además de lo que quedaba de la botella de vino. Había transcurrido

mucho tiempo desde que probó algo con un sabor tan
delicado. Comieron en silencio, un silencio que hubiera resultado incómodo de no ser por la maravillosa vista que se desplegaba ante ellos.

—Esto es precioso —suspiró Belinda—. ¿No te cuesta
salir de aquí?

—A veces los negocios me obligan a hacerlo. Pero la
mayor parte del tiempo la paso aquí. La hacienda Tautara tiene más de seis mil quinientas hectáreas. Siempre hay cosas que hacer.

Luc sonrió al ver que Belinda contenía un bostezo.

—¿Por qué no damos la noche por finalizada? Has
tenido un día agotador y yo tengo que admitir que
también estoy cansado.

—¿Te duele la pierna? —Belinda sintió una repentina punzada de culpabilidad.

—No más de lo habitual —respondió Luc haciendo
un gesto con la mano para quitarle importancia.

—¿Hay algo que yo pueda hacer por ti?

Luc apretó con firmeza los labios y ella sintió más
que escuchó cómo suspiraba.

—No. Sólo sé tú misma —respondió misteriosamente.

Belinda se mordió el carrillo por dentro, pregun-
tándose qué habría querido decir con eso mientras
contenía las ganas de preguntárselo. Habría dado
cualquier cosa por saber a qué versión de sí misma se
refería.

Luc se apoyó pesadamente en el bastón al levantarse de la mesa. Belinda captó la expresión de dolor
que él trató de disimular.

¿Habían sido así siempre las cosas entre ellos? No
se imaginaba a sí misma enamorándose de un hombre

tan cerrado emocionalmente. No era su estilo. Su familia siempre había sido muy afectuosa. Compartían sus preocupaciones.

¿Tenían Luc y ella esa clase de matrimonio? Algo en su interior le susurró que lo que sucedía era justo lo contrario. Y esa voz interior resultó de lo más perturbadora.

Capítulo Cinco

Cuando regresaron a su suite privada, Belinda tenía los nervios a flor de piel. Habían echado las cortinas, y la lámpara de la mesilla proyectaba una acogedora luz sobre la gigantesca cama. Una cama que ella no deseaba compartir con su marido. Alguien había entrado en el dormitorio para retirar la ropa de cama. En la mesilla había un jarroncito con una única y perfecta rosa.

La idea de dormir con Luc cayó sobre ella con aterradora presión. El corazón le bailó erráticamente en el pecho, y Belinda hizo un esfuerzo por controlar la respiración. ¿Sería capaz de hacerlo? Cielos, si ni siquiera sabía en qué lado de la cama dormía. Como si le hubiera leído el pensamiento, Luc sonrió.

–Normalmente duermes en este lado –le indicó la parte de la cama donde estaba la rosa–. Aunque no me importa cambiar si con eso te sientes más cómoda.

Camas separadas sería lo que en aquel momento la haría sentirse cómoda, pensó Belinda. Incluso cuartos separados. Dejó escapar un suspiro e hizo un esfuerzo por mirarlo a los ojos.

–No, así está bien. Que sea como siempre.

La sonrisa de Luc se quedó un instante congelada antes de que asintiera con la cabeza.

–Belinda…

El sonido del teléfono móvil interrumpió lo que estaba a punto de decir.

—Discúlpame —dijo mirando la pantalla—. Tengo que contestar. Tal vez tarde un poco.

Belinda lo vio salir de la habitación y cerrar la puerta tras él. Entonces corrió al vestidor y escogió un camisón color rubí de uno de los cajones. Se quitó la ropa con más prisa que cuidado y se lo puso. Se trataba de una prenda casi transparente con una pieza de encaje en la parte superior que se ajustaba a sus senos como la caricia de un amante. Deslizó la mano por el fino tejido y se preguntó si habría comprado aquel camisón como parte del ajuar, o si había sido un regalo de Luc. La idea de imaginar sus manos acariciando la tela del modo en que las suyas la estaban tocando en ese momento le provocó un estremecimiento de deseo.

¿Qué le estaba ocurriendo? En su mente reaccionaba como una virgen asustada, y sin embargo, su cuerpo suspiraba por las caricias de Luc. Belinda sacudió la cabeza y se dirigió al cuarto de baño. Cada paso que había dado aquel día sólo la había llevado a hacerse más preguntas. Estaba cansada de todo aquello. Muy cansada. De pronto, aquella cama tan grande y suave le resultaba de lo más apetecible.

Mirando su reflejo en el espejo del baño, Belinda se preguntó si no debería haber escogido para dormir una sencilla camiseta. Los finos tirantes caían sobre sus hombros y le daban una impresión de lasciva fragilidad. El calor de la tela roja hacía que su piel brillara como la de una mujer que estuviera esperando a su amante. Belinda resopló, frustrada. Se estaba volviendo loca, y eso no podía seguir así.

Se sentó frente al tocador, sacó un cepillo del cajón

y comenzó a cepillarse su largo y oscuro cabello con fuerza castigadora.

Un movimiento en la puerta le paró la mano. Luc entró y le quitó el cepillo de la mano.

—¿Acaso pretendes arrancártelo? —su censura resultó tan delicada como su contacto cuando se encargó de lo que ella estaba haciendo—. Creí que ya estarías en la cama —comentó cruzándose con sus ojos a través del espejo.

Así que había reconocido su miedo. La conocía mejor de lo que ella pensaba, pero eso no era tan difícil. En aquellos momentos, Luc la conocía mejor que ella misma. Se le llenaron los ojos de lágrimas de frustración. Luc dejó el cepillado y le colocó las manos sobre los hombros.

—¿Belinda?

Ella parpadeó para librarse de las lágrimas, y rompió el contacto visual con Luc. Él ya había visto demasiado.

—Estoy bien. Un poco cansada, eso es todo.

—Es comprensible. Ha sido un día muy duro para los dos —Luc la tomó de la mano y la ayudó a ponerse de pie—. Vete a la cama. Yo iré enseguida.

Belinda no supo si el hecho de que no se metiera en la cama en aquel instante la aliviaba o la hacía sentirse desilusionada.

—¿No estás también cansado? —le preguntó.

—Sí, pero ha sucedido algo. Unos huéspedes que no esperábamos hasta finales de la semana que viene han adelantado su viaje a pasado mañana. Manu y yo tenemos que llevar a cabo un plan de contingencia.

—¿Huéspedes? ¿Ya?

–No es lo ideal, pero no podemos rechazarlos. Sólo estarán aquí un par de noches.

–¿Son clientes habituales?

–En cierto modo, sí.

–Entonces tendrán expectativas. Debemos cumplirlas. No puedes darles menos que eso. En circunstancias normales no lo harías –dijo con cautela.

En aquel momento, a Belinda no se le ocurría nada peor, pero aquél era el negocio de Luc. El hecho de que hubiera cancelado seis semanas de temporada alta por su luna de miel, seis semanas que habían perdido, significaba que tenía que ponerse de nuevo a trabajar. Además, cuanto antes retomara ella su vida tal y como había sido, antes podría empezar a recordar.

–Estás hablando como la hija de un auténtico hostelero. Nos preocuparemos de eso por la mañana. Ahora ve a la cama.

Luc le besó fugazmente la frente y la guió hacia el dormitorio, siguiéndola de cerca. Cuando se metió en la cama, él apagó la luz de la lámpara que había más cerca de ella. Belinda estiró de pronto la mano y le agarró el brazo.

–Por favor, deja encendida la otra luz hasta que vengas a la cama.

–¿No te molestará?

–No. En el hospital me he acostumbrado a la luz –Belinda contuvo un bostezo–. Además, dudo mucho que nada pueda mantenerme despierta en estos momentos.

Un calor retador brilló en los ojos de Luc, y Belinda sintió que su cuerpo respondía. El cuerpo elástico de su camisón parecía de pronto demasiado pequeño cuando sus pezones se pusieron duros y se apretaron contra la tela.

Bueno, tal vez sí hubiera una cosa. Por muy mal que le pareciera, no podía negar que existía un poderoso magnetismo entre ellos, Luc se puso recto y le deslizó la mano por el hombro y el brazo, dejándole la piel de gallina con aquel leve contacto. Apenas escuchó el clic de la puerta al cerrarse. Sintió un casi insoportable deseo de llamarle para que volviera, pero se contuvo. Belinda admitió en silencio que nunca en toda su vida se había sentido tan sola y perdida.

La reunión con Manu resultó productiva, y Luc regresó a la suite soltando un cansado suspiro de alivio. Los huéspedes llegarían en dos días alrededor de la hora de comer, a tiempo para tomar unas bebidas seguidas de un almuerzo en el porche. Entonces, si Belinda se sentía con ganas, acompañaría a los miembros femeninos del grupo a Taupo en helicóptero durante un par de horas para que fueran de compras mientras Manu y él se llevaban a los maridos de pesca a uno de los ríos que cruzaban la propiedad.

Los miembros femeninos.

Luc apretó las mandíbulas para contener una palabrota. No le cabía ni la menor duda de que Demi Le Clerc se había quedado tan ancha cuando hizo que su asistente llamara para cambiar su reserva. La incomodidad de Luc se hizo mayor cuando Manu le dijo que había estado tratando de contactar con la premiada cantante de jazz para informarle de que la reserva no podía cambiarse, pero al parecer ella y su nuevo prometido estaban «de viaje», y por tanto ilocalizables.

Con las modernas comunicaciones, Luc dudaba mucho que no hubiera manera de encontrarla. Más bien habría informado a su personal de su intención de que no la localizaran. El hecho de que hubiera averiguado tan pronto que Luc había vuelto a casa decía mucho de su red de espionaje. Manu ya había accedido a investigar entre el personal de la hacienda para averiguar si esa particular red de espionaje había sido alimentada por uno de ellos. La lealtad y la confidencialidad eran sagradas. Si alguien vulneraba alguna de ellas, incumpliría las cláusulas de su contrato de trabajo y sería despedido de inmediato.

Luc tragó saliva para quitarse el mal sabor de boca al pensar en la idea de Demi y Belinda juntas. Estaba reacio a que coincidieran mientras su esposa estuviera todavía en una posición tan vulnerable, pero tal vez eso fuera una ventaja para él. ¿Qué daño podía hacer Demi si Belinda no recordaba nada del tiempo que habían estado juntos? Belinda no sabía que su matrimonio había sido el catalizador que había llevado a Demi a ocupar todas las portadas de las revistas del corazón por la velocidad de su compromiso con el anciano millonario del petróleo, Hank Walker.

¿Había sido un estúpido al dejar pensar a Demi que entre ellos había algo más que una amistad superficial? Nunca se le había pasado por la cabeza la idea de casarse con ella, a pesar de los intentos que ella llevó a cabo para empujarlo a un compromiso. Habían hecho el amor sólo una vez, una unión que le supuso sólo alivio físico y poco más. Luc se dirigió incómodo hacia el piano que estaba en la habitación tenuemente iluminada. Estaba demasiado nervioso para dormirse. Cerró los ojos y dejó que sus dedos se deslizaran suavemente por las teclas. La música que estaba tocando fue creciendo dentro de él, relajándole los músculos y la mente.

Tocar el piano siempre había provocado aquel efecto en él, incluso cuando era un adolescente, aunque nunca fue la clase de joven que hubiera admitido poseer aquella habilidad en particular. No, quemar las ruedas del coche y allanar moradas había sido más su estilo en aquellos tiempos. Fue durante uno de aquellos asaltos cuando el dueño de la casa le pilló. Se trataba de un caballero anciano que había sabido ver más allá de la actitud de Luc y lo había invitado a que volviera, esa vez por la puerta de entrada. Tardó seis semanas, pero Luc se vio dirigiendo sus pasos a casa del señor Hensen. Aquel pianista jubilado había presentido que Luc necesitaba una salida, un cambio de dirección en su camino de autodestrucción. Insistió en darle clases a Luc, unas clases que él se había negado sistemáticamente a recibir hasta que el caballero le amenazó seriamente con acudir a la policía. Había pasado mucho tiempo sin que Luc pensara en el señor Hensen, mucho tiempo sin permitirse echar de menos al anciano de un modo en que nunca había echado de menos a sus propios padres cuando murieron.

Cuando la última nota quedó suspendida en el aire, Luc volvió a abrir los ojos. Belinda estaba sentada frente a él con los pies recogidos bajo el cuerpo en uno de los gigantescos sofás de color crema. Luc le deslizó la mirada por el cuerpo apenas cubierto y su pulso cobró vida al instante. Había sido una tortura dejarla en la cama, con el cuerpo brillando gracias a la luz de la lámpara de la mesilla y el cabello desplegado como un abanico por la almohada. Deseaba de tal modo hacerle el amor que sentía deseos de ponerse de rodillas y dejar su impronta en su mente y en su cuerpo de un modo que ella no olvidaría jamás.

Pero mantuvo sus calenturientos pensamientos a raya. Luc Tanner no había llegado hasta donde estaba dejándose llevar por los impulsos. No, tenía toda su vida bajo control. Había aprendido con lágrimas lo que suponía para una persona la falta de poder, cómo la convertía en una víctima indefensa. Los indefensos no conseguían respeto en este mundo. Sólo compasión. Pero él ya había tenido su ración de compasión y buenas intenciones. Ahora exigía respeto en todos los aspectos de su vida.

—Tocas de maravilla —dijo Belinda con voz vacilante.

—No quería despertarte.

—No lo has hecho. Supongo que estoy acostumbrada a las interrupciones y al ruido del hospital, y lo que me ha despertado ha sido el silencio. Poco después te escuché al piano. ¿Cómo te fue la reunión con Manu?

—Muy bien. Todo está ya organizado. ¿Seguro que te parece bien? Puedo enviarlos a otro hotel si es necesario.

—Luc, cuando no podía dormirme empecé a pensar, y por muy aterrador que resulte, tengo que volver a mi antigua vida si quiero salir adelante y no volverme loca —Belinda señaló con un gesto todo lo que la rodeaba—. Todo me resulta nuevo, aunque a veces también familiar. Sé que has tocado para mí antes, ¿verdad?

—Así es.

Luc tragó saliva. Sí, había tocado antes para ella. La última vez fue la noche que le pidió en matrimonio. Habían pasado el día juntos en la hacienda, habían hecho el amor por primera vez en la orilla del río después de un picnic… El cuerpo de Luc se puso tenso al recordar la calidez de su abrazo, cómo se había entregado completamente a él. Al instante se hizo adicto a Belinda de un modo que nunca imaginó posible. Nunca en su vida había deseado nada ni a nadie como a ella. Aquella verdad le había aterrorizado hasta que se convenció a sí mismo de que Belinda era el acompañamiento perfecto para el mundo que él había construido. Para cuando regresaron a la casa, ya había decidido adelantarse a sus planes y pedirle en matrimonio antes de lo que pensaba. Todavía recordaba la sensación de triunfo que se apoderó de él cuando le dijo que sí.

Habían acabado en el suelo, justo en aquel mismo salón, y habían hecho el amor una vez más para sellar su compromiso. Lo único que Belinda llevó puesto durante las siguientes veinticuatro horas fue el anillo de compromiso con el diamante azul que había encargado para ella meses atrás.

—¿Tocarías algo para mí ahora?

La voz de Belinda lo arrancó del pasado.

—En otro momento —dijo él levantándose de la banqueta del piano y agarrando el bastón.

Le ofreció la mano para ayudarla a ponerse de pie, y regresaron juntos al dormitorio. Para cuando Luc se hubo desvestido y estaba preparado para meterse en la cama, Belinda ya se había encogido en un lado del lecho, tenía los ojos cerrados y respiraba acompasadamente.

Finalmente se había dormido. Pero cuando Luc se deslizó entre las frescas sábanas de algodón, se giró para mirarlo con sus grandes ojos azul grisáceo.

–¿Luc?

Él alzó una mano para apartarle un mechón de cabello que le caía por la mejilla.

–¿Mm?

–Lo que te he dicho antes –Belinda cerró los ojos y aspiró con fuerza el aire–, lo que he dicho antes sobre recuperar mi antigua vida… Me refería a *todos* los aspectos de mi vida. Está claro que no somos unos desconocidos el uno para el otro. Cada vez que te miro, así me lo indica mi cuerpo.

Así que ella sentía la misma inexorable atracción entre ellos. Luc contuvo la sonrisa de satisfacción que amenazaba con asomársele a los labios. Observó cómo Belinda se humedecía los labios con la punta de la lengua antes de escoger cuidadosamente sus siguientes palabras.

–Bueno, lo que quiero decir es que… si tú quieres… ya sabes. Tal vez ayude.

Sus palabras se perdieron en el creciente silencio del dormitorio.

Luc le trazó la curva de la ceja con un dedo y luego lo deslizó por su mejilla antes de dejarlo descansar sobre el puente de Cupido de sus labios. Quería que Belinda fuera a él por su propia voluntad y lo había conseguido.

–No –dijo con voz pausada. Su negativa le sorprendió incluso a sí mismo.

–¿No me deseas? –parecía herida y aliviada al mismo tiempo.

–Oh, claro que te deseo. Cuando llegue el momento adecuado volveremos a hacer el amor. Pero esta noche no es el momento. Cuando hagamos el amor, no será porque tú quieras recordar, sino porque recuerdas.

¿Lo que había en sus ojos era alivio o desilusión? Luc se inclinó hacia delante y le tomó suavemente los labios con los suyos, controlando a la bestia que le arañaba desde su interior para abalanzarse sobre Belinda. Pero por mucho que le atormentara, esperaría.

Ella suspiró suavemente contra sus labios.

—Buenas noches, Luc.

Se giró hacia el otro lado, y Luc la rodeó con el brazo, apretándola contra la dureza de su cuerpo. La sintió ponerse tensa cuando la prueba de su excitación descansó en sus nalgas, y luego la sintió relajarse al darse cuenta de que realmente la deseaba.

Luc se quedó así durante horas, los ojos le quemaban en la oscuridad mientras Belinda se iba deslizando a un sueño profundo. Su cuerpo se amoldó al suyo. Su instinto le gritaba que la tomara y la marcara así una vez más. Aquélla sería su última satisfacción, cuando lo recordara todo y descubriera que había sido incapaz de resistirse a él. Pero hablaba en serio antes. Cuando hiciera el amor con él de nuevo, sería porque recordara cómo había sido su intimidad, cómo se había convertido en una compulsión que ninguno de los dos podía negar. Haría cualquier cosa que estuviera en su mano con tal de ayudarla a recuperar aquel recuerdo.

La intensa satisfacción física de su relación había sido un extra añadido. Un indicador de que había acertado plenamente al escoger a Belinda Wallace como su esposa y señora de la hacienda de Tautara. Su vida y su plan continuarían como antes. El accidente que habían sufrido se transformaría en una menudencia en el radar de su éxito.

Capítulo Seis

A la mañana siguiente, Belinda se levantó sintiéndose más descansada de lo que había estado en mucho tiempo. Pero con la primera luz de la mañana y las sábanas vacías y frías que tenía al lado, la ansiedad volvió a instalarse dentro de ella.

¿Dónde había ido a parar el temor que sintió la primera vez que lo vio en el hospital? El día anterior se había visto forzada a tener mucho contacto con él, un contacto que Belinda no había puesto en entredicho y que, para ser sincera, tenía que reconocer que le había hecho sentirse bien.

Y sin embargo, ¿por qué seguía sintiendo que dentro de su cabeza había algo tenebroso que se negaba a dejar aflorar sus recuerdos? Incluso en ese momento, cuando se acercaba a la mesa del comedor en la que estaba Luc leyendo el periódico mientras desayunaba, sintió que dentro de él se cerraba una puerta, dejando una parte de su interior en sombras. Y ella quería saber qué había detrás de esa puerta.

La única manera de saberlo era seguir adelante. Luc era su marido. Se lo debía a ambos. Belinda forzó una sonrisa y trató de no estirarse la camiseta de manga corta que se había puesto sobre los vaqueros cuando Luc alzó la vista para mirarla.

—Buenos días —dijo él doblando con cuidado el periódico y apartándolo a un lado—. ¿Has dormido bien?

—Muy bien —una leve oleada de calor le cruzó las mejillas al recordar cómo sus brazos la habían estrechado contra sí, cómo su cuerpo había reaccionado ante su contacto.

—Bien —Luc asintió satisfecho—. Como técnicamente estamos trabajando para mañana, tengo planeado que hoy nos divirtamos un poco.

—¿Divertirnos? —aquello sonaba intrigante—. ¿Qué tienes en mente?

Belinda agarró la jarra de café y le sirvió otra taza a Luc. Estaba a mitad de la operación cuando de pronto le empezó a temblar la mano.

—Lo siento. No te he preguntado si querías otra —dejó de servir y volvió a colocar la jarra sobre la mesa.

Luc le dirigió una mirada intensa.

—Yo siempre tomo dos tazas de café.

Las ramificaciones de la respuesta de Luc resonaron en su cabeza. Había recordado instintivamente aquello, y sin embargo, no era capaz de recordarlo a él. ¡Qué laberíntica podía llegar a resultar la mente! Su neurólogo le había hablado largamente de los vacíos de la memoria y de lo sencillas que podrían parecerle las tareas cotidianas, como la de aquella mañana. Resultaba obvio que el hecho de estar allí al lado de Luc estimulaba la parte de su cerebro que tenía secuestrada a la memoria.

Luc le puso una mano encima de la suya, que tenía en el mango de la jarra del café. Ella hizo un esfuerzo por no dar un respingo al sentir su contacto, como le ocurría siempre que lo tenía cerca.

—Has recordado eso sin siquiera intentarlo. No lo sigas analizando. Sólo deja que fluya.

—¿Cómo voy a hacer eso, si no conozco la diferen-

cia entre recordar y no hacerlo? –le tembló ligeramente la voz.

–Encontraremos el equilibrio. No te preocupes.
Quién sabe lo que puede suceder hoy.

Luc le soltó la mano, le dio un sorbo a su taza de
café y después se levantó de la mesa.

–¿Dónde vamos?

–He pensado que podríamos ir a dar una vuelta
por la hacienda. Hacer novillos –Luc sonrió–. ¿Te ape-
tece?

Una sensación parecida al miedo le recorrió la espina dorsal. No pudo evitar presentir que había algo
oculto en aquel plan.

–¿Los dos solos? –preguntó Belinda.

–¿Te importa?

–No, ¿por qué habría de importarme? –forzó una
sonrisa.

Luc entornó los ojos mientras aquella pregunta
quedaba suspendida en el aire.

–Si prefieres quedarte aquí en el hotel, no pasa
nada.

–¡No, no! Será fabuloso salir hoy.

–Bien. Por si eso calma tus miedos, te diré que
Manu va a llevarnos –Luc se puso de pie y agarró el
bastón, que estaba apoyado en la mesa.

–Yo puedo conducir –sugirió Belinda.

Luc se detuvo en seco. Su rostro palideció ostensi-
blemente y le dirigió una mirada que hizo que a ella
se le parara el corazón dentro del pecho. ¿Qué había
dicho que fuera tan grave?

–O no –Belinda trató de aliviar el aire que se había congelado repentinamente entre ellos con la frialdad de un glaciar.

—Creo que no. Al menos por el momento —Luc parecía haber recuperado el equilibrio y su habitual tono de piel—. ¿Cuánto tiempo tardarás en estar lista?

Belinda echó un vistazo al reloj que estaba encima del horno de la cocina.

—Dame diez minutos y seré toda tuya.

—¿*Toda* mía? —la voz de Luc se hizo más grave, y ella experimentó una sensación de *déjà vu*.

Se agarró a una silla para tranquilizarse. Estaba viendo delante de los ojos puntitos negros. Hizo un esfuerzo por respirar, llenándose los pulmones de aire y volviendo a expulsarlo con deliberada delicadeza. Sintió la mano de Luc en su espalda, eso le dio una tranquilidad que le devolvió la fuerza que tanto necesitaba.

—¿Estás bien? —su respiración le levantó el aire de la nuca.

—Sí —contestó ella con voz temblorosa—. Estoy bien. Ve a prepararte.

—Llévate una chaqueta por si luego refresca, y ponte un par de zapatos cómodos, ¿de acuerdo?

—¿Vamos a estar fuera todo el día?

—Si estás de acuerdo, sí.

Belinda se apartó de la silla y de él.

—Estoy de acuerdo.

—Te espero en la puerta de entrada.

Para cuando ella se hubo lavado la cara y aplicado de nuevo el maquillaje, se acercaba más a los quince minutos que a los diez que había dicho, pero cuando se reunió con Luc en la puerta principal, al menos había recuperado la mayor parte de su equilibrio. No podía dejar de darle vueltas al hecho de que no hubiera estado dispuesto a dejarla conducir. Se había sacado el carné siendo una adolescente y siempre había sido buena conductora, pero Luc pareció ponerse enfermo ante la perspectiva.

Belinda suspiró y pensó que así al menos tendría la oportunidad de disfrutar del paisaje más que si tuviera que concentrarse en la carretera.

Se llevó una sorpresa al ver que Luc se sentaba a su lado en el asiento de atrás, y así se lo hizo saber. Luc respondió entrelazando los dedos con los suyos y le contestó:

—Me he visto obligado a estar lejos de ti demasiado tiempo. ¿Por qué no iba a querer estar al lado de mi esposa?

Había en sus palabras una intensidad que la tranquilizó y al mismo tiempo le puso nerviosa. Se dio una sacudida mental. ¿Qué le estaba pasando? Todo lo que sentía en un instante resultaba contradictorio a lo que había sentido tan sólo un instante atrás. Y por debajo de todo aquello estaba la molesta certeza de que había algo que no estaba bien, de que, en cierto modo, estaba viviendo una vida que no era la suya. Tal vez debería haber permitido que Luc llamara al médico el día anterior. Aquella extraña sensación de desplazamiento, de equivocación, no podía ser normal.

Luc llamó su atención respecto al paisaje que se abría delante de ellos y que describía la extensión de la hacienda en cuanto a granjas y operaciones forestales. Siguieron el camino colina abajo, adentrándose cada vez más en el valle. Belinda comenzó a ser consciente de lo inmenso que era el negocio de su esposo, y de la cantidad de empleados con los que contaba.

—Y Luc está siendo modesto —intervino Manu mientras esquivaba a un puerco-espín que estaba en medio del camino–. Ofrecemos los mejores sitios para pescar y cazar de toda Nueva Zelanda, y los más aventureros también pueden hacer rafting.

–Da la sensación de que tenéis ofertas para todos –comentó Belinda.

–Sí, bueno, nuestro objetivo es complacer, ¿verdad, amigo? –la mirada de Manu brilló a través del espejo retrovisor. Sus ojos brillaban gracias a la sonrisa que iluminaba todo su rostro.

–Y en eso lo conseguimos –respondió Luc misteriosamente mientras apretaba la mano de Belinda con cariño.

Tras un viaje de más de una hora, llegaron a un claro y Manu detuvo el vehículo cuatro por cuatro y lo aparcó, bajándose para abrir la puerta de Belinda antes de que ella pudiera hacerlo.

–Ya hemos llegado. Yo seguiré con el plan que hemos trazado esta mañana, ¿de acuerdo?

–Gracias, Manu –contestó Luc.

–¿Seguro que vas a estar bien? –había una nota de preocupación en la voz del otro hombre, y Belinda tuvo la sensación de que no se sentía del todo tranquilo dejándolos allí solos.

–Estaremos perfectamente. No te preocupes. Además, tengo estas dos cosas –Luc elevó ligeramente el bastón con una mano mientras palmeaba suavemente con la otra la pequeña radio que llevaba en el cinturón–. Si te necesito, te llamaré.

–Asegúrate de que lo haga –Manu se giró hacia Belinda. La grave luz de sus ojos le daba a entender sin reservas que estaba hablando en serio–. Si te parece que sufre algún dolor, llámame.

–No hagas un drama, Manu –intervino Luc irritado.

–¿A ser sensato le llamas hacer un drama? Ella se desmaya ayer, tú tienes la cadera mal y los dos acabáis de salir del hospital. Y para colmo, os abandono aquí en mitad de la nada.

Aunque estaba tratando de inyectar cierto sentido del humor en su voz, Belinda se dio cuenta de que estaba preocupado de verdad. Le puso la mano en el antebrazo y sus ojos se cruzaron con su mirada de preocupación.

–Yo cuidaré de él, no te preocupes. Y si yo siento que tampoco puedo manejarme, o Luc o yo te llamaremos, ¿de acuerdo?

–Supongo que tengo que estar de acuerdo. Bien, entonces nos vemos más tarde.

Todavía murmurando entre dientes, Manu se subió al cuatro por cuatro y se dirigió al camino privado.

–Tiene bastante razón –Belinda se giró hacia Luc–. Somos un par de ruinas andantes.

–¿Estás preocupada? –Luc la miró con intensidad.

–No, en absoluto. De hecho, me encanta estar al aire libre. Lejos de las paredes.

–Sé a qué te refieres. Si en algún momento quieres regresar, por favor dímelo.

–Yo estoy perfectamente –respondió Belinda haciendo especial hincapié en el «yo», aunque no expresó en voz alta su preocupación sobre si él podría arreglárselas. Estaba claro que la fuerza de Luc era una cuestión de orgullo; ella no quería ofenderle mostrándose preocupada.

–Los dos vamos a estar bien. El camino es llano y hay muchos lugares para descansar. Vamos.

Luc la tomó de la mano y la guió por el bien pisado camino que había al lado del río. A su alrededor, los sonidos de los pájaros y el omnipresente zumbido de las cigarras llenaban la atmósfera. El aire estaba cálido y una suave brisa jugueteaba con los árboles. Belinda se alegró de haber dejado las chaquetas en el coche. A pesar de sus temores iniciales, sintió cómo comenzaba a relajarse. Se tomaron su tiempo, y Luc se detenía más o menos cada quince minutos para señalarle algunos puntos de interés: una planta indígena en particular que sabía que a ella le iba a gustar, o el movimiento de un pez en el agua. En un momento dado, Luc la ayudó a sentarse con él sobre un gigantesco árbol caído.

—Descansemos un poco —dijo frotándose con gesto ausente la cadera mientras colocaba el bastón a un lado.

—¿Te molesta la pierna? —Belinda se preguntó cuánto le estaría doliendo.

—Un poco —admitió él—. Estaré mejor cuando haya descansado un poco. Además, nunca está de más detenerse y admirar el paisaje de cuando en cuando.

Las mejillas de Belinda se sonrojaron bajo el calor de su mirada. A juzgar por la intensidad de sus ojos, no estaba hablando de la orilla del río ni de los alrededores. Luc alzó una mano para apartarle el cabello de la cara, y luego deslizó los dedos hacia la parte de atrás de su cabeza.

—Dime que no quieres que haga esto.

Acercó todavía más el rostro y abrió ligeramente los labios. El aire que los rodeaba se hizo más denso. Los sonidos se acallaron. La distancia entre ellos se acortó. Aunque hubiera sido capaz de negarse, no lo habría hecho.

Sin pensar en lo que hacía, Belinda acortó todavía

más la distancia. Los labios de Luc estaban firmes y secos cuando capturaron los suyos, y los sentidos de Belinda cobraron de pronto vida. Cuando los dedos de Luc presionaron la parte de atrás de su cabeza, ella se apretó contra él y le rodeó la cintura con los brazos, apretándole los senos contra el fuerte muro de su pecho.

A pesar de la incertidumbre que la asaltaba, no podía negar la completa sincronización de su sensación física de pertenencia. Belinda se entregó a la sensación mientras Luc la besaba con más pasión. Una llama de deseo se prendió con fuerza en su interior, llevándola a apretarse con más fuerza contra él, recibiendo sus caricias con una sensación de familiaridad que era tan real como que el sol salía cada amanecer.

Cuando Luc se apartó tenía la respiración agitada y le brillaban los ojos con la inequívoca chispa del deseo. Debería sentirse intimidada por esa mirada, se dijo Belinda. Debería decirle que parara, pero su cuerpo clamaba por su contacto, sus labios suspiraban por sentir la fiera presión de los suyos. Se llevó una sorpresa cuando Luc se puso de pie con las manos en las caderas y dirigió la vista hacia el río, lejos de ella.

Cuando se giró de nuevo, había vuelto a recuperar el control. La luz de sus ojos se había tamizado, y su respiración había recuperado la normalidad.

–¿Seguimos?

Confundida, Belinda se puso de pie y se apartó con la mano los restos de corteza de árbol de los pantalones vaqueros antes de responder.

–Por supuesto. Vamos.

¿Qué le había llevado a recular de aquella manera? Habría jurado que Luc estaba tan perdido en sus besos como ella. Cuando Luc volvió a tomarla de la mano mientras seguían caminando por el sendero, Belinda se dio cuenta de que se apoyaba con más fuerza en el bastón que antes.

–¿Falta mucho? –preguntó ella.

–Está justo después del siguiente recodo del río –respondió Luc con voz tensa.

Belinda se detuvo sobre sus pasos.

–¿Qué ocurre? ¿Por qué estás enfadado? –Luc le daba la espalda mientras seguía caminando obstinadamente.

–No es nada. Sigamos.

–¿Se trata de tu pierna? Porque no me importa descansar un poco más antes de seguir. Hace mucho tiempo que no hago tanto ejercicio.

Luc se detuvo y se volvió para mirarla con una expresión sombría que Belinda no fue capaz de definir.

–No, no es la pierna.

–Entonces, ¿de qué se trata? ¿Ha sido por el beso? ¿Querías que dijera que no?

–No es eso. No es algo respecto a lo que tú puedas hacer nada en tu estado actual. Vamos a dejarlo correr –Luc se dio la vuelta y comenzó a caminar de nuevo.

Belinda suspiró exasperada. Luc se había cerrado con la efectividad de la cámara de seguridad de un banco durante un asalto. No le quedaba más opción que seguirle, pero en lugar de hacerlo se quedó donde estaba, dándole vueltas a las palabras que acababa de escuchar.

«En tu estado actual». ¿Qué diablos había querido decir con eso? Sin duda su amnesia resultaba tan frustrante para Luc como para ella, pero él tenía la ventaja de recordar su vida en común… De recordar su amor.

Lo único que Belinda sabía era que lo deseaba, y eso ya resultaba suficientemente aterrador. Ella nunca había sido de las que se embarcaban en una relación frívola, y se tomaba la parte física de la relación muy en serio. Si escuchaba a su cuerpo, ya serían amantes de nuevo aunque Luc le resultara un extraño. Iba en contra de todo en lo que ella creía, pero no podía negar la verdad, porque la sangre le discurría caliente y el centro de su cuerpo ardía con un deseo que sabía que sólo él podía llenar.

Las mejillas se le colorearon al recordar de nuevo cómo la había rechazado la noche anterior. Belinda apartó de un puntapié un guijarro del camino y vio cómo caía al río. Suspiró con frustración.

—Lo siento.

La voz de Luc le hizo dar un respingo y darse la vuelta. Él le colocó un dedo sobre los labios para impedirle que hablara.

—Sí, me duele la pierna. Sí, es por el beso. Y sí, te deseo más de lo que te he deseado nunca. Pero sé lo que nuestro matrimonio significaba para ti. Te quiero de vuelta. Quiero recuperarlo todo antes de volver a hacer el amor contigo. Por eso estoy de mal humor.

El enfado de Belinda se fundió ante tanta sinceridad. Quedaba claro lo difícil que le había resultado desnudar sus emociones de aquel modo. Unas líneas duras le rodeaban la boca, y tenía el puño apretado en la parte superior del bastón.

—Yo también lo siento. Se me olvida que no soy la única aquí que ha perdido algo —dijo Belinda con un ligero temblor de voz.

Le deslizó un brazo por la cintura y juntos caminaron en silencio por el sendero. Cuando llegaron a otro claro, Belinda abrió la boca en gesto sorprendido. Delante de ellos había un cenador improvisado con tela de lona blanca y verde bajo el que descansaban una mesa de madera y dos sillas a juego. En el centro había un cubo de hielo con una botella de champán enfriando, y a su alrededor había varios platos cubiertos. Un capullo de rosa de tallo largo, esa vez de un intenso tono coral, descansaba en un pequeño jarrón al lado de la cubitera de hielo. Al lado de la mesa, una espléndida colección de cojines y finas mantas de algodón adornaban la hierba.

—¿Tenías preparado esto desde el principio?

—¿Te gusta?

—Me encanta. Resulta muy… decadente.

—Ésa es nuestra especialidad. Decadencia. Privacidad.

Luc observó a Belinda con detenimiento. Separarse de ella antes, sabiendo exactamente lo que les esperaba al doblar el recodo, había sido una de las cosas más duras que había tenido que hacer desde que la sacó el día anterior del hospital. Mientras se recuperaba lentamente en el hospital, pensaba que sería fácil esperar pacientemente a que ella recuperara la memoria, pero ya no estaba de humor para tener paciencia. Con un poco de suerte, aquella seducción planeada, reflejo de la primera vez que estuvieron juntos, sería el desencadenante que le permitiría restaurar su vida del modo en que debió ser siempre. Tal vez, se aventuró a pensar, sería incluso todavía mejor.

Capítulo Siete

Belinda se giró para mirarlo. Una sonrisa de pura felicidad se fue asomando lentamente a su hermoso rostro e iluminó sus ojos azules. La había complacido, y eso le complacía a él. Aquella certeza fue un shock porque no casaba con sus planes. Ni tampoco aquel repentino tirón en la zona del pecho, una oleada de calor que había aprendido instintivamente a reprimir desde niño. Un sentimiento contra el que se había entrenado.

—Esto es espectacular. Gracias —Belinda se estiró y le dio un beso en la mejilla.

Fue una leve caricia, nada más, y sin embargo, su inocencia prendió el fuego que bullía constantemente dentro de él. Observó cómo Belinda se dejaba caer en la cama de cojines con el cabello rodeándole el rostro como una red de seda. La camiseta se le había levantado ligeramente por encima de la cintura y dejaba al descubierto una franja de suave piel cremosa. Los dedos de Luc estaban deseando recorrer aquella línea. En la parte inferior de su cuerpo, la sangre le ardía con un latido ancestral que amenazaba con dominar su perfectamente estudiada estrategia. Tenía que recordar lo que les había unido y lo que les había separado. Tenía que preservar lo primero fuera como fuera. Sirvió una copa de champán y luego sacó la rosa del jarrón antes de colocarse cuidadosamente a su lado.

—¿Quieres un poco? —Luc le acercó la copa a los la-

66

bios y ella se incorporó un tanto para dar un sorbo al burbujeante líquido.

–Mm. Has dicho que somos especialistas en decadencia. No se me ocurre nada más decadente ahora mismo que esto –suspiró Belinda.

Luc alzó una ceja y la atravesó con la mirada.

–¿De veras? ¿Nada más decadente?

La risa de Belinda resultó inesperada, una deliciosa cascada de alegría que penetró hasta lo más profundo de su ser. Y allí estaba otra vez aquel brillo cálido que le surgía del interior del pecho, una sensación de que todo estaba bien. Se le secó la garganta y se quedó sin palabras al mirarla. No pudo evitar recordar la última vez que habían estado allí. No pudo evitar desear sacar aquel recuerdo de la prisión que era la memoria de Belinda.

Luc deslizó distraídamente la rosa hacia delante y hacia atrás por la piel de su vientre y observó cómo su piel se estiraba y se contraía bajo el contacto de los coloridos pétalos. Se preguntó qué sería necesario para provocar su mente, para despertar los recuerdos del placer físico que el contacto con aquella rosa pudiera evocarle. Tras su primer encuentro allí, Belinda apenas era capaz de mirar una rosa sin sentir una oleada de deseo que le teñía las mejillas, el cuello y el pecho.

Bajo el tenue contacto de una rosa, ella había revelado una parte sensual de sí misma con la que Luc no había siquiera soñado. Era algo que estaba dispuesto a olvidar cuando planeó hacerla su esposa, consciente de que en todos los demás aspectos, Belinda era la acompañante ideal para la perfecta esfera personal que él había creado. Para Luc, el sexo había sido siempre algo entretenido, pero nunca el motor de su existencia… Hasta que hizo el amor con Belinda por primera vez, en aquel mismo claro.

La obligaría a recordar con una exquisita sensación cada vez. Sabía que era un riesgo, un gran riesgo, pero los médicos le habían dicho muchas veces que, aunque podría recuperar la memoria en cualquier momento, no era probable que recordara detalles de lo que había ocurrido justo antes del accidente que le había causado el daño cerebral.

Luc había construido su vida a base de riesgo. Y eso no era diferente. Le ofreció otro sorbo de champán.

–Por un nuevo comienzo –brindó él.

–Por un nuevo comienzo –repitió Belinda apoyando los labios en la copa y cubriéndole a Luc la mano con la suya al hacerlo.

Mientras tragaba, Luc le deslizó suavemente la rosa por los músculos del cuello, deteniéndose en el hueco de la base antes de trazar una línea por el escote. Un destello de color le tiñó a Belinda las mejillas, y su respiración se hizo más agitada. Quitó la mano que tenía encima de la de Luc y la dejó caer a un lado. Un estremecimiento le recorrió el cuerpo cuando Luc deslizó la rosa por el cuello de la camiseta hacia el valle de los senos.

Belinda contuvo el aliento y clavó los ojos en él con una expresión afligida que hizo que Luc detuviera al instante lo que estaba haciendo y arrojara la rosa a la manta.

–Luc… –susurró con voz temblorosa.

–¿Qué ocurre? ¿Te encuentras mal?

Dejó caer la copa en la hierba sin importarle el líquido que se derramó por el suelo, y le tomó la mano que ella le tendía. Se llevó un susto al descubrir que tenía la piel helada.

—No, no exactamente mal, sólo rara. Como si hubiéramos hecho esto con anterioridad. Es algo parecido a lo que sentí ayer cuando recordé en el jardín, pero diferente.

—Dime, ¿qué recuerdas?

—No estoy muy segura… Creo que habíamos ido a nadar, sí, el agua estaba helada y tú te reíste de mi carne de gallina. Me dijiste que era muy suave.

—Sigue —la animó Luc.

¿Recordaría el resto? Cómo la había ayudado a salir del agua para dirigirse al borde del claro en el que estaban ahora. Cómo la había envuelto en una gruesa toalla y le había secado el cuerpo, calentándole la piel hasta que recuperó la circulación, hasta que cambió la luz de sus ojos y él dejó deslizarse la toalla a sus pies y la levantó en brazos para llevarla al lecho de mantas y cojines igual al que en ese momento se encontraban tendidos. Cómo había recorrido cada línea de su cuerpo con un capullo de rosa, en aquella ocasión amarilla, seduciéndola hasta un punto de deseo tembloroso antes de llevarla a un pico de satisfacción con su caricia de pétalos.

Belinda permaneció en silencio. Tenía la vista clavada en un punto lejano. Luc observó la gama de expresiones que se le cruzaron por el rostro, la lucha que mantenía por unir los elusivos puntos que sobrevolaban por la periferia de su mente. Después percibió el cambio de sus ojos y el calor que le sofocó las mejillas.

Había recordado. Se apostaría las escrituras de Tautara a que ella recordaría ese día y lo que había sucedido después.

Un ligero temblor recorrió el cuerpo de Belinda y se giró para mirar a Luc.

—Me está llegando, Luc. Recuerdo ese día.

Él sintió que el calor volvía a los dedos de Belinda. Ella le puso la mano en su pecho.

–¿Sientes el latido de mi corazón? Se mueve a toda velocidad. ¿Puedes creerlo, Luc? Estoy recuperando la memoria.

La mano de Luc se dobló bajo la suya contra la suavidad del algodón de su camiseta, sobre la curva de su seno. A través del encaje del sujetador percibió la respuesta de Belinda a los recuerdos, a sus caricias.

–¿Fue por eso por lo que planeaste este día? –preguntó recostándose sobre la fuerza de su mano, permitiendo que la palma de su mano se ajustara a la plenitud de su seno, que sintiera la dureza de su pezón al excitarse.

–Tenía que hacer lo que fuera para recuperarte. Ya sé que te he dicho que no había que forzarlo, pero…

–Ssh –Belinda le presionó los labios con los dedos–. No digas nada más. Todo está bien. Sé que lo que estoy recordando ahora no lo es todo, todavía hay muchos vacíos. Pero de todos los recuerdos que he perdido, éste es probablemente el más preciado. Incluso recuerdo cómo me sentí aquel día, lo emocionada que estaba porque te hubieras tomado el día libre para pasarlo conmigo. Lo mucho que nos divertimos en el agua hasta que yo me quedé tan fría que no podía seguir allí más tiempo. Y luego me secaste…

Luc asintió lentamente. ¿Recordaría lo que había sucedido después? No se llevó una decepción.

–Tú… Me tomaste en brazos y me trajiste hasta aquí, me tumbaste sobre las mantas y… –Belinda señaló la rosa que estaba sobre las mantas–. Me hiciste el amor, primero con la rosa, y luego me cubriste con tu cuerpo.

Luc salvó la distancia que los separaba, tumbándola sobre la espalda y deslizándose sobre ella hasta que sus caderas se acunaron en las suyas.

–¿Así?

–Sí –suspiró Belinda–. Exactamente así.

Dobló las caderas debajo de él, presionando el pubis contra su erección, obligándolo a contener un gemido de deseo.

Belinda cerró los ojos mientras los recuerdos brotaban en cascada a través de su cerebro, recuerdos y sensaciones que herían su cuerpo de deseo ejecutando una danza erótica en su conciencia. Alzó las manos para agarrar el rostro de Luc entre ellas, para inclinar su boca sobre la suya, tomar sus labios y atravesarlos con su lengua inquisidora.

Experimentó otro estremecimiento cuando la lengua de Luc se rozó con la suya, y disfrutó de su textura y su sabor. Disfrutó y *recordó* el modo en que la hacía sentir, pensó con un estremecimiento de placer. Le colocó las manos en el cabello para retenerlo, temiendo que si lo soltaba, si rompía el contacto, aquellos preciados recuerdos que inundaban su mente se volvieran tan efímeros como la suave brisa que acariciaba sus cuerpos.

La luz del sol se filtraba a través de sus párpados cerrados, imprimiendo en su retina un caleidoscopio de ricos y sensuales tonos rojos. Luc se giró levemente y ella gimió de placer cuando sus labios le recorrieron desde la mandíbula hasta el lóbulo de la oreja, donde le mordió la carne sin adornos, dejándole una leve marca de dientes. Los nervios de Belinda se estremecieron de placer.

Por mucho que ella hubiera olvidado, estaba claro

que Luc lo recordaba todo. Recordaba cada minúscula parte de su cuerpo al que podía enviar placer en cascada a través del suyo.

–Luc –su nombre sonó como un suspiro en sus labios cuando le deslizó las manos bajo la camiseta, acariciándole la piel con una suavidad que ella deseaba llevar al siguiente nivel. No quería que fuera delicado, en aquellos instantes no, porque su memoria ardía con el recuerdo de la primera vez que habían hecho el amor allí, en aquel claro mágico. Él había llevado su cuerpo a cimas que Belinda nunca creyó posible alcanzar, y la había dejado exhausta y satisfecha entre sus brazos antes de recomenzar de nuevo.

Belinda se revolvió suavemente cuando le agarró la tela de la camiseta con los puños cerrados y se la sacó por la cabeza antes de arrojarla al suelo. A ella ya no le importaba nada.

–Abre los ojos –ordenó la voz de Luc, ronca por el deseo que sentía dentro de él con la fuerza inexorable de la corriente del río que discurría a su lado.

Belinda se forzó a abrir los párpados, se encontró con su verde mirada y sintió al instante la conexión que ahora sabía que había estado perdida durante las últimas veinticuatro horas.

–Eres mía. Toda mía –las palabras surgieron como un gruñido entre sus labios, y ella asintió.

–Toda tuya –susurró cuando Luc inclinó la cabeza hacia sus senos, apartándole con los dientes la copa de encaje del sujetador y dejando al descubierto sus anhelantes pezones para que los acariciara con la lengua y los dientes. Una oleada de placer le atacó directamente en el centro del cuerpo, y Belinda apretó los músculos interiores instintivamente para aumentar la

72

sensación. Aquel movimiento le provocó pequeñas oleadas de placer que le atravesaron el cuerpo.

Ahora comprendía por qué aquellas palabras le habían hecho experimentar esa sensación de *déjà vu* aquella mañana. Por qué se había sentido como si fuera un barco a la deriva. Luc había pronunciado las mismas palabras tan sólo unos meses atrás, cuando se hizo dueño de su cuerpo sobre aquellas mismas mantas. Pero ella ya no se sentía a la deriva. No, estaba en el lugar al que pertenecía. Sentía que su unión era perfecta en todos los niveles, y aunque quería que Luc se apresurara, que la llevara deprisa hacia la plenitud que sabía que la esperaba en la periferia de sus caricias, también quería saborear cada exquisito segundo.

Belinda le acarició la cabeza con las manos, le acarició los músculos del cuello, le palpó la fuerza musculosa de los hombros.

Era suya. Y Luc era suyo. ¿Cómo había podido olvidar una verdad tan sencilla?

Luc se deslizó más abajo y le colocó las manos sobre la caja torácica, trazando pequeños círculos con la lengua alrededor de su ombligo. Belinda se moría por volver a sentirlo dentro, por sentir cómo la llenaba y la completaba de aquella gloriosa manera que ahora recordaba. Cuando las manos de Luc se deslizaron por la cinturilla de sus pantalones vaqueros, suspiró aliviada. Él le abrió la cremallera y le bajó los pantalones por las piernas.

Inclinó todavía más la cabeza. Su lengua trazó una sensual línea por el borde de sus braguitas, y le deslizó las manos bajo las nalgas, agarrándoselas mientras le levantaba las caderas. El contraste entre la firmeza de sus manos y la deliciosa suavidad de pluma de su lengua mientras la atormentaba con leves acometidas provocó que Belinda se volviera loca de placer. Le rozaba la leve hendidura de la parte superior de sus muslos, la curva de las caderas… en todas partes menos donde ella más lo deseaba.

Entonces, en un momento glorioso, la boca de Luc se colocó de repente sobre ella. El calor de su respiración a través de sus braguitas la obligó a arquear la espalda mientras una oleada de excitación le recorría el cuerpo. Se apretó contra su boca y agitó la cabeza de un lado a otro. De sus labios surgían palabras suplicándole que siguiera. La mano de Luc se enredó en su ropa interior, apartándole la tela del cuerpo, desnudándola.

El contraste de la sensación entre la brisa que los envolvía y el calor de su boca al cerrarse sobre ella despertó en Belinda un remolino de deseo. Cuando la lengua de Luc se enredó en su interior, al principio suavemente y con creciente presión después, Belinda se agarró a las mantas que tenía debajo. Le temblaban los muslos, y sus músculos interiores se apretaban al ritmo de su ataque hasta que, con un grito que le nació de la garganta, se acercó en un torbellino hacia la culminación.

Luc se movió y Belinda, que estaba demasiado débil como para hacer otra cosa que no fuera mirar, se quedó tumbada delante de él con las piernas separadas y la piel sonrojada debido al orgasmo. Luc se quitó la camisa, los pantalones y los calzoncillos. Tenía una luz en los ojos que no estaba allí antes. Brillaban con el calor del deseo que sentía hacia ella. Un deseo que volvió a formarse en espiral en el interior de Belinda en cuestión de segundos, como si no hubiera alcanzado el clímax apenas unos instantes antes. Cuando

Luc se colocó entre sus piernas de nuevo, un temblor de emoción le recorrió la espina dorsal.

—Mi esposa —susurró con voz gutural.

Belinda podía sentir su calor, su erección seduciéndola mientras vacilaba antes de entrar en ella.

—¡Luc, por favor! —suplicó—. ¡Por favor!

Luc se deslizó en su interior hasta el fondo, y ella le enredó las piernas en la cintura, alzando las caderas para tomarlo más profundamente. Se agarró a sus hombros, casi inconsciente de gozo mientras él salía despacio y volvía a entrar en ella otra vez, repitiendo el movimiento con creciente urgencia hasta que lo sintió ponerse tenso y estremecerse, controlando todos los músculos para retener su clímax. Luc deslizó una mano entre ellos, en el punto en el que estaban unidos, y recorrió con el pulgar el encapuchado haz de terminaciones nerviosas. Con aquella caricia, Belinda sintió cómo el estremecimiento volvía a recorrerla de nuevo, esa vez con más urgencia todavía que antes, y se apretó contra él, buscando las caderas con las suyas, obligándole a aumentar la presión contra ella hasta que alcanzó el éxtasis. Cuando las oleadas de placer atravesaron su cuerpo, sintió los músculos de Luc tensarse bajo sus manos, escuchó su gemido de satisfacción mientras se estremecía sobre su cuerpo con el paroxismo del placer que arrebataba su cuerpo.

Cuando colapsó encima de ella, Belinda apenas podía respirar, pero recibió encantada el peso de su cuerpo, su posesión total. Así habían sido las cosas entre ellos, lo supo con una absoluta certeza interior. Podía darle las gracias a su buena estrella por haber recuperado la memoria de aquel vínculo que existía entre ellos, y quién sabía qué ocurriría a partir de entonces.

Pero por el momento, decidió mientras acariciaba la columna vertebral de Luc, disfrutaría de cada segundo de su unión.

Luc esperó a que se calmara el acelerado ritmo de su corazón y a que su cerebro recuperara la claridad. Se había sentido tan abrumado por el poder de su respuesta hacia Belinda que apenas había sido capaz de pensar, pero ahora se daba cuenta de que la estaba aplastando. La apartó suavemente y le deslizó la mano por la estrecha cintura, colocándola ligeramente sobre su cuerpo. El largo y oscuro cabello de Belinda caía como una capa de seda sobre su pecho. Luc inhaló con fuerza, solazándose en su aroma.

Aquello había salido mejor de lo que él esperaba. Esperaba algunos destellos de memoria, algunos trazos de su pasado, pero nunca hubiera imaginado que Belinda recordara su acto amoroso tan nítidamente. Estaba preparado para hacer lo que fuera necesario para que su mujer regresara a su vida, la vida que él se había labrado de la nada, la vida que había prometido que tendría un día… Y lo había conseguido. Ya no le importaba que Belinda no recordara nada más. De hecho, eso les facilitaría las cosas a los dos.

Escuchó cómo la respiración de Belinda se iba haciendo más profunda mientras se dormía, y sonrió satisfecho. Su accidente había supuesto sólo un pequeño descarrilamiento de su plan. Ya estaba de vuelta en su carril, y mejor todavía que antes.

Capítulo Ocho

Belinda permanecía nerviosa al lado de Luc cerca del helipuerto cuando el helicóptero de la hacienda de Tautara apareció en el valle. Tras haberse redescubierto el uno al otro el día anterior, se sentía un poco resentida por aquella intrusión en su vida. Después de todo, no habían tenido luna de miel, al menos que ella recordara, y seguía teniendo la sensación de que Luc le estaba ocultando algo. Si no físicamente, desde luego sí mentalmente. Lo que más deseaba en el mundo era derribar aquella barrera. Lo quería todo.

Luc seguía negándose a entrar en detalles de su pasada vida en común, y del accidente. Los huecos que permanecían en su memoria como agujeros negros le resultaban cada vez más frustrantes. Se acercó a su marido y entrelazó los dedos entre los suyos. Tal vez no consiguiera recuperarlo todo, pensó solazándose en la fuerza y el calor de su cuerpo, pero lo que recordaba era como un regalo.

Durante el desayuno, Luc le había puesto al corriente de los planes que tenían para aquel día. Tras un almuerzo ligero en el patio que había al otro lado del salón principal, Demi Le Clerc y ella se trasladarían en helicóptero a Taupo para hacer algunas compras mientras Luc se llevaba al río a su prometido, Hank Walker, para pescar un rato. Al día siguiente, todos viajarían en helicóptero a la Bahía de Hawke para hacer una ruta de vinos, y terminarían el día con Demi cantando en un concierto en uno de los viñedos.

En cualquier otra circunstancia, Belinda estaba convencida de que habría disfrutado de esos dos días atendiendo a sus huéspedes. En cualquier otra circunstancia que no incluyera el hecho de que en las últimas veinticuatro horas había redescubierto lo apasionada y completamente enamorada que estaba de su marido.

Como si le hubiera leído el pensamiento, Luc le apretó suavemente los dedos antes de llevárselos a los labios. Cuando el helicóptero se posó delante de ellos, Luc la apartó del remolino de viento, protegiéndola con su cuerpo. Belinda se apretó deliberadamente contra su cuerpo y sintió la prueba de su deseo hacia ella.

–Descarada –le susurró Luc al oído cuando las turbinas comenzaron a detenerse y oyeron que se abría la puerta del helicóptero–. ¿Cómo se supone que voy a recibir a nuestros huéspedes así?

Luc se abrazó a ella, y no le quedó ninguna duda de que, si tuvieran la oportunidad, estarían camino a su suite.

–Intenta no pensar en ello –sonrió Belinda–. Ni en lo que tengo planeado esta noche para ti.

A Luc le brillaron las pupilas.

–Ya me encargaré de ti más tarde –su voz era grave, pero el brillo de sus ojos hizo que Belinda deseara que llegara la noche todavía con más urgencia que antes–. Y ahora, sonríe amablemente y dales la bienvenida a nuestros huéspedes.

Juntos, con las manos todavía entrelazadas, esperaron a que Demi y Hank se acercaran a ellos. A Belinda no se le escapó el hambriento rastreo de la mirada de Demi mientras mantenía los ojos fijamente clavados en Luc, ni el ligero frunce de labios que hizo cuando deslizó la vista hacia sus manos entrelazadas.

Todos los instintos femeninos del cuerpo de Belinda se pusieron en alerta. No cabía duda de que aquellos dos habían sido algo más que amigos en el pasado. Miró a Luc, pero él tenía la atención puesta en los huéspedes. Belinda habría dado cualquier cosa por que Luc la hubiera tranquilizado en aquel instante, por que le dijera que se equivocaba al estar intuitivamente a la defensiva contra Demi Le Clerc.

La cantante de jazz era todo lo que Belinda no era. Tenía el cabello rubio platino muy corto y peinado con exquisito estilo. Aunque era menuda y de constitución delicada, Belinda tuvo la impresión de que aquel aire de fragilidad que Demi proyectaba era una fachada que ocultaba una personalidad más fuerte de lo que la gente hubiera esperado.

Belinda forzó una sonrisa y deseó contra toda esperanza que Demi Le Clerc prefiriera quedarse aquel día a descansar en la hacienda en lugar de ir de compras.

Hank Walker le resultó toda una sorpresa. Con su cabello blanco y los hombros encorvados, destilaba el aire mundano de alguien que había hecho todo y visto todo y nada le había impresionado demasiado. Belinda luchó contra aquella sensación de inquietud. Al parecer, los próximos días iban a resultar bastante duros.

—¡Cariño!

Belinda se puso tensa cuando Demi se lanzó a los

brazos de Luc, obligándole a soltarle la mano y aceptar el exuberante abrazo de la otra mujer.

–¡Qué alegría volver a verte! No sabes lo contenta que me puse cuando Hank accedió a incluir una parada aquí durante nuestro viaje. Bueno –Demi se reclinó un tanto para atrás y le guiñó lascivamente un ojo a Luc–. Tuve que convencerlo un poco.

Belinda contuvo una mueca de desagrado ante el tono meloso de Demi y ante la alusión que había hecho. Si estaba tratando de poner celoso a Luc, y Belinda sospechaba que ésa era su intención, no parecía haber funcionado en absoluto. Sintió una oleada de satisfacción mientras Luc quitaba los esqueléticos brazos de Demi de alrededor de su cuello y daba un paso adelante con la mano extendida para presentarse a Hank.

Los dos hombres parecieron observarse mutuamente durante una décima de segundo antes de que Hank estrechara la mano de Luc.

–Bienvenido a Tautara, Hank. Soy Luc Tanner –hizo un gesto en dirección a Belinda–. Hank, Demi, ésta es mi mujer, Belinda.

¿Eran imaginaciones suyas o había puesto un énfasis innecesario en las palabras «mi mujer»? Belinda dio un paso adelante y estrechó la mano de Walker. Demi la miró de arriba abajo y le dedicó una sonrisa tan fugaz como falsa.

–He oído hablar mucho de ti, Luc –dijo Hank con acento texano–. Y también he leído mucho sobre ti. Al parecer existen muchos rumores respecto a cómo conseguiste este lugar.

–Siempre habrá rumores –replicó Luc sin comprometerse.

–Entonces, ¿estás diciendo que no son ciertos? Y yo que esperaba que fueras un jugador, después de todo...

–Tengo fama de apostar, pero sólo cuando las probabilidades están completamente a mi favor.

–Vamos, Hank –dijo Demi con falso tono conspirador–. Te dije que no le preguntaras cómo ganó este sitio en una partida de póquer.

Belinda contuvo una oleada de irritación. Las palabras de aquella mujer dejaban al descubierto las lagunas de su memoria. Ella debería saber cómo llegó Luc a poseer Tautara, pero eso estaba atrapado en algún lugar de su mente. Aceptar que, en aquellos momentos, Demi Le Clerc sabía más de Luc que ella era una píldora difícil de tragar.

Luc señaló la casa con un gesto.

–Entremos. En el porche nos espera el almuerzo que ha preparado Manu. Luego podemos hablar de lo que tenemos planeado para vosotros mientras seáis nuestros huéspedes.

–¿Huéspedes? –Demi agarró a Luc de un brazo y con el otro hizo lo mismo con su prometido, dejando claramente a Belinda fuera–. Creo que hemos llegado lo bastante lejos como para que podamos decir que somos amigos. Muy buenos amigos. ¿No te parece?

La mujer había ronroneado las palabras mientras exponía claramente su reivindicación. Belinda aspiró con fuerza el aire y trató de relajar los hombros y de soltar presión en los puños antes de seguir al trío hacia la casa. El hecho de que Demi hubiera estado allí antes con toda probabilidad, y que tal vez hubiera compartido la suite de Luc en sus visitas previas, le dolía. Igual que la idea de que estaba más familiarizada con el lugar y con su dueño que la propia Belinda.

Bueno, lo que tenía que hacer era reafirmar su posición como esposa de Luc. Después de todo, era ella la que iba a dormir con Luc aquella noche.

Manu había hecho bien su trabajo. Mientras se acomodaban en las sillas bajo la sombrilla que protegía del sol aquella parte del porche, sirvieron el Martini seco que sin duda era el favorito de Demi, y el whisky de malta predilecto de Hank. Belinda se adelantó para quitarle las bebidas a Manu y servírselas personalmente a los invitados con una sonrisa. El brillo de aprobación de los ojos de Luc le dio a entender que había hecho lo correcto.

Pero hacer lo correcto formaba parte de su naturaleza. Había actuado como anfitriona para sus padres desde que dejó el colegio a los dieciocho años, metiéndose en la piel de su madre a medida que la salud de ésta iba deteriorándose. Había sido tan efectiva en su papel que perdió casi por completo su identidad.

Resultaba aterradora la facilidad con la que se había metido en el papel. La jardinería, que había comenzado como un respiro de sus obligaciones y de las expectativas de su padre, surgió del deseo de liberarse del anonimato, de su necesidad de ser alguien distinto a la hija de Baxter Wallace.

–Belinda, ¿te traigo algo de beber? –la voz de Manu la rescató de sus ensoñaciones.

–Agua mineral, por favor. Creo que esta tarde necesito tener todos mis sentidos alerta.

Manu le sonrió abiertamente y dijo en voz baja, para que no pudieran oírle los demás:

–Seguro que no hace falta. No permitas que esa pelusa te moleste.

–No te preocupes, no lo permitiré –Belinda le devolvió la sonrisa.

Era ridículo, pero de pronto se sintió más libre, más ligera. Como si tuviera un aliado. Se apoyó contra la barandilla del porche y le dio un sorbo a su agua mineral, disfrutando de su frescor. Podía hacerlo. Con memoria o sin ella.

–He oído que tienes una de las mejores huertas medicinales del hemisferio sur –el fuerte acento de Hank le hizo dar un respingo–. ¿Te importaría enseñármela? Estoy pensando en poner una en mi casa.

–Me encantaría mostrártela. Luc, Demi, ¿queréis venir con nosotros? –se ofreció Belinda. Le costaba trabajo dejar a la otra mujer a solas con Luc, aunque también podía darle una dosis de su propia medicina.

Cuando Demi se negó argumentando cansancio por el viaje, Belinda le pasó el brazo a Hank por el suyo y se lo llevó de allí. No se le escapó el brillo de los ojos grises del hombre cuando regresaron a la casa para tomar el ascensor que los llevaría a la planta baja, y de ahí al sendero que conducía a la huerta. Tal vez no hubiera sido lo suficientemente sutil.

–¿Sabes? No tienes nada de qué preocuparte respecto a Demi –dijo Hank.

–¿Cómo dices?

–Cuando se dé cuenta de que lo que tuvieron Luc y ella, fuera lo que fuera, ya pasó, cejará en su empeño. En parte por eso yo accedí a venir aquí. Sé que me dio el sí a mí por despecho, pero a pesar de todos sus defectos, la amo. Y ella también me amará. Además, cualquier idiota se daría cuenta de que Luc te ama. No puede apartar los ojos de ti, estés donde estés. ¿Viste la mirada que me lanzó cuando nos fuimos juntos? He visto leones de la montaña menos territoriales que él –Hank soltó una carcajada que obligó a Belinda a sonreír–. Y ahora enséñame esa huerta tuya, y si me gusta, puedes hacerme una visita para diseñar una para mí.

Cuando regresaron con los demás, Hank estaba tratando de convencer a Belinda para que visitara su casa de Texas y le hiciera el diseño de una huerta medicinal. Belinda se estaba riendo por algo que le había dicho cuando atravesaron las gigantescas puertas abiertas y entraron en el porche. La mirada que le lanzó Demi resultó absolutamente salvaje, y Belinda disfrutó internamente de aquella victoria. Se sorprendió cuando vio que Luc contestaba con evasivas a la sugerencia de Hank de que viajaran pronto a Estados Unidos para que ella escogiera el mejor emplazamiento para la huerta. Su deliberada maniobra para desviar la atención de su trabajo despertó algo en su cabeza, como si lo hubiera hecho con anterioridad. Belinda sacudió ligeramente la cabeza. Eso no podía ser. ¿Cómo iba a interponerse en su camino cuando se trataba de hacer algo que le gustaba tanto?

Manu sirvió el almuerzo cuando se sentaron a la mesa redonda. Al terminar, las parejas se retiraron para refrescarse y darse una ducha, y quedaron en encontrarse en la puerta de entrada al cabo de veinte minutos para las actividades de la tarde.

Belinda perdió el tiempo retocándose el lápiz de labios; sabía que se los mordería otra vez hasta hacerlo desaparecer. Demi tenía una forma de ser que la obligaba a estar constantemente alerta, y no le apetecía lo más mínimo su viaje para ir de compras.

La imagen de Luc apareció a su lado en el espejo.

–¿Estás preparada para esto? ¿No te duele la cabeza? –le deslizó la mano bajo el cabello y siguió por el cuello. Ella echó la cabeza hacia atrás y la apoyó sobre sus dedos, disfrutando del masaje que le estaba dando para aliviar la tensión de la nuca.

–Estaré bien. Después de todo, sólo vamos a ir de compras. ¿Qué podría salir mal?

Luc se rió, pero sus ojos permanecieron serios.

–Le diré a Manu que te deje un teléfono móvil para que lo utilices en caso de que necesites regresar antes.

–No, de verdad, estaré bien. Aunque nada me apetecería más que quedarme en casa a solas contigo.

Belinda se giró y le dio un beso en la barbilla. Él aumentó la presión en la parte de atrás de su cabeza y tiró de su rostro hacia él antes de inclinarse ligeramente para besarla. El deseo de Belinda se encendió al instante, enviando destellos de calor por todas sus terminaciones nerviosas. Cuando Luc se apartó, ella echó de menos al instante su contacto.

–Esto es por lo que has hecho antes por mí –le susurró contra los labios–. Y ya sabes que por nada del mundo quiero perderte nunca de vista. Le he sugerido a Hank un cambio de planes, y está de acuerdo. Mañana por la noche, en lugar de regresar aquí después del concierto, se dirigirán a una de mis propiedades que se halla cerca de Queenstown. Pero te lo digo de verdad, si tienes alguna duda respecto a esta tarde, lo cancelo. Puedes quedarte aquí.

–¿Harías eso por mí? –Belinda alzó una mano y le recorrió con un dedo la cicatriz que le marcaba la cara. Un escalofrío poco placentero le surgió en la mente al acariciar aquella piel suave. Pero apartó de sí aquella sensación con firmeza.

–Eres mi esposa. Esa pregunta no tiene sentido.

–Lo dices como si estuviera grabado en piedra. Como si nosotros estuviéramos grabados en piedra.

–Belinda, yo cuido de lo que es mío.

–¿Demi ha sido tuya alguna vez?

El rostro de Luc se volvió rígido bajo las yemas de sus dedos.

–¿Qué te ha contado ella?

–Absolutamente nada todavía. De hecho, tal vez te hayas dado cuenta de que actúa como si yo no existiera –Belinda forzó una carcajada para que su comentario no resultara demasiado malicioso–. Pero no has contestado a mi pregunta. Sinceramente, Luc, aunque no creo que me guste, puedo aceptar que haya sido una de tus amantes en el pasado, pero prefiero estar sobre aviso antes de pasar la tarde en su compañía.

–Lo que tuvimos Demi y yo fue algo pasajero. Un error que ella se niega a dejar pasar. Y eso es todo lo que diré de este asunto –Luc le sujetó el rostro con las dos manos–. No tienes nada que temer de ella. Nada.

Presionó los labios sobre los suyos una vez más, como si quisiera subrayar lo que acababa de decir respecto a que Demi Le Clerc había sido un error, como si quisiera espantar los miedos de Belinda. Incapaz de resistirse, ella abrió los labios para recibir los suyos, le dio la bienvenida a su sabor, a su lengua, a su voluntad.

Cuando Luc hizo amago de apartarse de ella, Belinda le rodeó los hombros con los brazos, negándose a dejarle marchar. La otra mujer había hecho que se sintiera insegura y en aquel momento, tras los acontecimientos de los dos días pasados, necesitaba que Luc fuera su ancla.

Se apoyó contra el tocador del cuarto de baño. El mármol frío atravesó la seda de su vestido en claro contraste con el calor que ardía dentro de su cuerpo.

–Hazme el amor, Luc. Aquí. Ahora –su voz era una exigencia brusca, una súplica de su corazón de mujer, de su vulnerabilidad.

En respuesta, Luc le deslizó las manos por los hombros, y luego más abajo, para acariciarle los senos a través de la tela del vestido. Inclinó la cabeza y succionó a través de la seda. La humedad de su boca provocó que la tela se clavara en sus pezones anhelantes. Belinda arqueó la espalda, ofreciéndole los senos con más convicción para que él los recorriera con los labios y la lengua.

Le deslizó las manos por los hombros, quitándole la chaqueta que llevaba puesta, y luego le desabrochó los botones de la camisa. La dejó caer por los hombros y luego la deslizó por los brazos antes de recorrerle suavemente con las uñas el pecho. Luc gimió en respuesta, y la vibración de aquel sonido provocó que los pezones de Belinda se pusieran todavía más duros.

Ella le colocó las palmas de las manos en los músculos del pecho y las deslizó desde las costillas hasta la parte superior de su cadera, donde comenzaba la sombra de su entrepierna. Liberarle del cinturón y del cierre del pantalón le llevó apenas un segundo. Podía sentir su erección apretándose contra la cremallera. Belinda se moría por liberarlo, por sujetar entre las manos su dureza de seda, acariciarlo, sentirlo y luego guiarlo hacia aquella parte de su cuerpo que latía por ser poseída por él. Los calzoncillos se le ajustaban como una segunda piel, y Belinda hizo un esfuerzo por ir más despacio mientras le deslizaba la cinturilla por las piernas.

Luc la subió a la parte superior del tocador, y aquel movimiento hizo que su atención se desviara hacia el espejo lateral. La imagen le provocó un estremecimiento de excitación. Allí estaba ella, apoyada en el borde de aquel mármol teñido de rosa, con el cabello despeinado y los ojos brillando de deseo. La tela del vestido se mostraba oscura y húmeda allí donde Luc la había succionado. Los pezones se marcaban con claridad. Tenía la falda enredada alrededor de los muslos, el lugar donde ahora se deslizaban las manos de Luc. Su torso desnudo contrastaba directamente con su silueta vestida.

Luc percibió el estremecimiento de deseo que atravesó a Belinda cuando observó su reflejo en el espejo. La levantó ligeramente y le quitó las braguitas, alejándose de la apertura de sus piernas tan sólo lo suficiente como para deshacerse de aquel trocito de encaje antes de volver a colocarse entre sus muslos. Estaba tremendamente duro, y necesitaba estar dentro de ella enseguida. Belinda se había vuelto tan necesaria para él como el aire que respiraba. Necesaria de un modo que sobrepasaba la necesidad física. Cambió el peso para apoyarse en la pierna buena, ignorando el dolor que había tenido que soportar durante la mayor parte de la mañana, sin duda como resultado de las actividades del día anterior. Pero cada segundo había valido la pena, como sucedería en esa ocasión y en todas las demás a partir de entonces.

Atrajo a Belinda hacia sí y ella jadeó cuando su espalda se deslizó por el frío mármol.

Luc inclinó la cabeza hacia un lado de su cuello, besándolo, succionándolo y mordiéndolo con suavidad hasta la curva de los hombros.

Colocó las caderas entre sus muslos, su erección amagó la ardiente y melosa humedad de su entrada. Le deslizó las manos por los brazos, hasta las mangas cortas de su vestido, y le agradeció al diseñador que el corte del escote y la espalda al aire hicieran imposible llevar sujetador con aquel vestido. Luc le deslizó las mangas del vestido hasta dejar al descubierto la plenitud de sus senos. Las crestas rosas se habían convertido en picos, y se llevó primero uno y luego otro a la boca. El suspiro de placer de Belinda estuvo a punto de convertirse en su perdición, y le levantó la falda más arriba, dejando al descubierto ante sus ojos las caderas y la curva de sus muslos.

Entró muy despacio en ella, luchando contra la urgencia de hundirse en su interior todo lo rápido y fuerte que pudiera. Observó su expresión, vio sus ojos brillar y el color expandirse por su cuello y su pecho. Belinda apoyó las manos al lado de las caderas para mantener el equilibrio, y de paso para atraerlo con más fuerza hacia sí. Gimió, y entonces Luc, incapaz de seguir controlando sus movimientos, se dejó llevar por el ritmo que le pedía el cuerpo, empujando con fuerza las caderas hasta que los gritos de Belinda resonaron por la habitación y sus músculos internos colapsaron alrededor del cuerpo de Luc. El placer se apoderó de su cuerpo a modo de respuesta, y hundió el rostro en su cuello, acallando su grito de triunfo cuando su clímax le atravesó el cuerpo y lo dejó temblando contra ella.

–¿Me crees ahora? –le susurró contra la piel–. En mi vida sólo existes tú. Ahora y para siempre.

–Para siempre –susurró Belinda.

La frase rebotó suavemente contra el mármol de la habitación, casi como si estuviera prisionera. Pero Belinda permaneció ajena a su importancia.

Capítulo Nueve

Se quedaron abrazados durante varios minutos, los latidos de sus corazones fueron recuperando poco a poco la normalidad, la transpiración de sus pieles se secó. Finalmente, Luc se forzó a apartarse de ella y la ayudó a bajar del tocador.

—Vamos a tener que darnos prisa. ¿Quieres ducharte tú primero?

—Hay sitio para los dos, ¿no te parece? —el tono de Belinda y su mirada seductora estaban muy lejos de la mujer a la que había tenido que enfrentarse en la habitación del hospital.

—Sí, pero lo que no hay es tiempo para lo que terminaríamos haciendo juntos —Luc le bajó la cremallera lateral del vestido y se lo quitó antes de dirigirla hacia la ducha con una suave palmadita en el trasero—. Vamos.

Cuando por fin se reunieron con sus huéspedes en el vestíbulo principal, Belinda evitó la penetrante mirada que le lanzó Demi. Estaba claro que no le gustaba que la hicieran esperar, y no vaciló en demostrar su desaprobación.

—¿Cuánto falta para que cierren las tiendas? Ya no sé si vale la pena ir —su voz resultaba petulante.

—No digas tonterías, cariño —la aplacó Hank—. Tendréis tiempo de sobra para ver y comprar. ¿Y por qué no os quedáis las chicas a cenar en Taupo? Nosotros es-

91

taremos pescando hasta que oscurezca. Vosotras podéis quedaros allí y divertiros un poco.

Tras pasar una hora en compañía de Demi, Belinda ya estaba harta. No era que Demi fuera directamente maleducada, pero las constantes críticas y las referencias comparativas al tiempo que *ella* pasó con Luc le dejaron claro a Belinda que, a pesar de lo que Luc pensaba, Demi no había superado lo suyo todavía. Y cuando Demi volvió a levantar la nariz ante otra tienda de moda, Belinda comenzó a pensar que no iba a ser capaz de controlar su genio.

Estaba a punto de sugerir que llamaran al chófer para que las llevara de nuevo a la pista del helicóptero, cuando los ojos de Demi se iluminaron de pronto al ver una oficina de alquiler de coches.

–Mira –dijo señalándola–. Alquilan coches de lujo. Dejemos las compras y vamos a dar una vuelta por el lago.

–¿Estás segura de que quieres hacer eso? Tardaremos un par de horas en rodear el lago, o tal vez más –apuntó Belinda.

–Bien, entonces vayamos hacia el norte, ¿cómo se llama ese lugar? Ah, sí, Huka Falls. He oído que por ahí cerca hay una bodega.

Antes de que Belinda pudiera detenerla, Demi estaba cruzando la calle para entrar en la oficina de alquiler de coches. Lo único que pudo hacer fue suspirar y seguirla. Demi estaba señalando el coche que quería en el catálogo y negociando la recogida en la hacienda de Tautara al día siguiente cuando Belinda entró por la puerta.

–He pensado que podríamos enviar el helicóptero de vuelta y regresar conduciendo a casa tras visitar Huka Falls y la bodega. Los chicos no regresarán hasta tarde, así que no nos echarán de menos. Déjame tu teléfono y se lo diré al piloto.

Sorprendida y algo incómoda por el plan de Demi, Belinda le pasó el teléfono móvil tras marcar el número del piloto.

–Ya está –Demi cerró el teléfono de golpe–. Todo arreglado.

Cuando terminaron el papeleo, las dos mujeres fueron a la parte de atrás del edificio, donde estaba el coche. Belinda observó el Porsche rojo sangre con cierta aprensión.

–¿Seguro que éste es el que quieres?

–Oh, sí, sin duda. Es el único que servirá. Es casi tan deslumbrante como era el de Luc –Demi le dirigió una mirada penetrante–. Sigues conduciendo, ¿verdad?

–Por supuesto que sí –respondió Belinda.

Al menos eso creía. Siempre había tenido su propio coche en Auckland, y daba por hecho que aquello no había cambiado durante el tiempo que pasó con Luc. Y sin embargo, una sensación de pánico helado le recorrió la espina dorsal. El vello de los brazos se le erizó, y se los frotó para defenderse del súbito frío que le había invadido el cuerpo.

Demi ya había tomado asiento en el lugar del conductor y había encendido el motor antes de que Belinda entrara siquiera en el coche. Se sentó en el asiento de cuero y se puso el cinturón.

–Toma –Demi le arrojó un mapa al regazo–. Puedes investigar esto.

Contenta de tener algo que hacer, algo que la distrajera de la pesada bola de plomo que se le había asentado en el estómago, Belinda estudió el mapa y le dio instrucciones a Demi sobre cómo salir de la ciudad. Para cuando llegaron a la bodega, estaba casi convencida de que la reacción que había sufrido en la oficina de alquiler de coches formaba parte del proceso de reajuste a su vida normal. Había estado cierto tiempo fuera de circulación. La lesión de la cabeza se la había hecho en un accidente de coche. Era lógico que estuviera un poco nerviosa. Pero Demi era una conductora segura y competente, y Belinda se relajó enseguida en el asiento y disfrutó del paisaje.

La bodega estaba especializada en un vino francés de barrica que Belinda disfrutó mucho, y aunque se trataba de un vino todavía joven, decidió que enviaran varias cajas a Tautara para añadirlas a la bodega de Luc.

Cuando se estaban relajando tomando un café en el restaurante adyacente a la bodega, Belinda se puso otra vez en alerta.

–Tengo que decir que me sorprendió encontraros a Luc y a ti juntos cuando llegamos Hank y yo –comentó Demi mientras se servía el azúcar en el café y lo removía con la cucharilla.

Belinda se puso tensa en la silla. Detuvo la taza a medio camino entre la mesa y su boca y volvió a dejarla sin llevársela a los labios.

–¿Por qué dices eso? –preguntó con cautela.

–Bueno, por lo del accidente, por supuesto. Nunca he considerado a Luc un hombre particularmente comprensivo –Demi agitó la mano en el aire–. Pero no dejes que eso te moleste. Está claro que a él no le importa.

—¿Qué es lo que no le importa?

—Bueno, tú estabas allí. Por supuesto que sabes de qué te estoy hablando.

—La verdad es que no. Tengo lagunas de memoria. Nuestro accidente es una de ellas.

Por alguna razón, probablemente para protegerse, Belinda no quería reconocer los demás agujeros que tenía en la mente. Tenía la sensación de que Demi no dudaría en utilizar esa información a su favor, de una manera u otra.

—He oído que eso es bastante normal tras recibir un golpe en la cabeza. Entonces, ¿nadie te ha hablado de ello?

—No. Recuerdo fragmentos sueltos, pero no la imagen entera. Todavía.

—¿Luc tampoco te ha contado nada? Qué interesante.

Demi se recostó en la silla y la observó atentamente. Tal vez no fuera ésa su intención, pero Belinda se sintió muy incómoda y se preguntó qué iba a suceder a continuación. Fue una sorpresa que Demi no desviara la conversación hacia su concierto del día siguiente. Se tomaron un segundo café y luego decidieron volver a Taupo para comer algo y luego regresar a casa. Para alivio de Belinda, Demi se colocó automáticamente detrás del volante para conducir también de regreso.

Dieron una pequeña vuelta por Huka Falls, donde se unieron a un grupo de turistas que había encima del Puente maravillándose ante el poder del agua cayendo con semejante fuerza a sus pies. La fuerza del agua blanca y espumosa dejó a Belinda algo temblorosa. Aquella marea fluida y al mismo tiempo incontrolable le recordaba a cómo se sentía ella en aquellos momentos. Se agarró con tanta fuerza a la barandilla que le quemaron los dedos, y sin embargo no podía alejarse de allí.

Cuando el grupo de turistas se dirigió hacia otro punto del paisaje, Belinda levantó muy despacio los dedos de la barandilla.

–Creo que te esperaré en el coche, a menos que quieras marcharte ya –dijo mientras se alejaba del Puente.

–Claro, podemos irnos ya. ¿Te encuentras bien? Estás un poco pálida.

¿Palabras amables en boca de Demi? Si Belinda no se hubiera encontrado tan mal en aquel instante, habría soltado una carcajada.

–Me duele un poco la cabeza, eso es todo. Debe de ser por el ruido del agua.

Pero sabía que no tenía nada que ver con eso. Era como si una sombra oscura se cerniera sobre la parte posterior de su cabeza. Una sombra que pedía ser reconocida. Belinda sacudió la cabeza ligeramente para librarse de aquella incómoda sensación, y abrió el bolso para buscar una aspirina.

Deseó que Luc estuviera allí con ella. Él la tranquilizaría. La haría sentirse segura y a salvo.

Si hubiera tenido fuerzas, se habría reído de sí misma. Hacía tan sólo unos días se había negado a abandonar el hospital con él, y ahora deseaba estar con él más que nada en el mundo. Tenía que agarrarse al hecho de que al cabo de un día volverían a estar solos para redescubrir juntos su matrimonio.

El cuerpo le entró en calor al instante al pensar en ello, y se abrazó con fuerza a aquella certeza. Su mente se negaba a pensar en el pasado, pero su cuerpo conocía bien a Luc. Ese pensamiento le proporcionaba mucha seguridad. Su unión física suponía una conexión que sólo podía haberse forjado, al menos en su caso, a base de grandes cantidades de confianza y compromiso. Pero sabía que tenía unas obligaciones que cumplir como anfitriona, y el deber era algo que Belinda se tomaba muy en serio.

Escogieron un hotel cercano a la ribera de Taupo que acogía un restaurante de renombre con preciosas vistas al lago. Cuando entraron en el patio delantero y el aparcacoches se acercó, Belinda experimentó una sensación de familiaridad ante la situación.

La expresión de asombro disimulada con una sonrisa de bienvenida que le dedicó el maître del hotel la desconcertó durante un instante. Pero para cuando se sentaron, Belinda había llegado al convencimiento de que estaba sobreactuando. El dolor de cabeza que se le había levantado antes había quedado anulado eficazmente por las pastillas que se había tomado, y observó la carta del restaurante con entusiasmo.

–¿Desean ver la carta de vinos, señora? –preguntó el sommelier.

Belinda miró a Demi, que agarró entusiasmada la lista.

–Adelante –le dijo a la cantante–. Yo seguiré con agua mineral por ahora.

–Ah, bien. Entonces puedes conducir tú de regreso a Tautara. Y si no recuerdas el camino, yo te lo indicaré.

La risa de Demi tenía un filo áspero que no le gustó. Belinda le devolvió la sonrisa, pero por dentro se sentía incómoda. Para cuando llegaron las entradas, la otra mujer ya se había tomado buena parte de una botella de vino y se reía por cualquier tontería. Apenas probó el plato principal.

Cuando el maître se acercó a su mesa para preguntarles si habían disfrutado de la comida, Belinda se sorprendió al ver que el hombre se alejaba y vacilaba antes de regresar.

—¿Señora Tanner? —le preguntó.

Belinda dio un respingo. ¿Conocía su nombre?

—Sí, soy la señora Tanner.

—Sólo quería decirle cuánto me alegro de verla completamente recuperada de su accidente. Y su esposo… ¿se encuentra bien también?

—Sí, gracias. Los dos estamos perfectamente —Belinda dio un sorbo de agua mineral antes de seguir—. ¿Puedo preguntarle de qué nos conoce?

El hombre adquirió una expresión grave.

—Señora Tanner, ¿no se acuerda? Celebraron ustedes la boda aquí.

—¿De veras? Lo siento, hay muchas cosas anteriores al accidente que todavía no recuerdo.

—No me sorprende. Todos nos quedamos horrorizados cuando escuchamos el golpe fuera.

—¿Fuera? —a Belinda se le heló la sangre en las venas—. ¿Fuera de aquí?

¿Era allí donde había sucedido todo? ¿Cómo podía no saberlo, cómo podía no haber reconocido el lugar cuando Demi aparcó en la entrada?

—Sí, señora Tanner, justo después de la recepción. ¿Se… se encuentra bien, señora Tanner? Le pido disculpas si he dicho algo que no debería. ¿Puedo servirle algo más?

–No, no. Nada más –Belinda hizo un esfuerzo por recordar sus obligaciones como anfitriona de Demi–. A menos que tú quieras algo…

Demi le dedicó una de aquellas miradas suyas y sacudió la cabeza.

–Bien, si no le importa, creo que pediremos la cuenta y emprenderemos el regreso a Tautara –Belinda trató de sonreír, pero sentía los labios como si fueran de madera, y el rostro de piedra.

Mientras aguardaban en la entrada porticada del hotel a que el aparcacoches les llevara el vehículo, empezó a sonar el teléfono móvil que Manu le había dejado. Acababa de abrirlo cuando escuchó el tono de barítono de Luc.

–¿Dónde estás? ¿Por qué has enviado el helicóptero de regreso?

–¡Luc! ¿Qué tal ha ido la pesca?

–Muy bien. Acabamos de regresar a la casa. ¿Dónde estáis?

–Estamos en… –Belinda miró a su alrededor y leyó el nombre del hotel en un cartelito dorado que colgaba de la puerta delantera.

Cuando pronunció el nombre, se encontró con un silencio sepulcral.

–¿Luc? ¿Sigues ahí?

–¿Por qué estáis ahí?

–Nos hemos parado a cenar. Demi pensó que sería un buen sitio –Belinda aspiró con fuerza el aire–. Yo no sabía que fue aquí donde celebramos la boda ni… ni donde tuvo lugar el accidente.

–¿Te encuentras bien? Pareces alterada.

Justo entonces, el aparcacoches detuvo el vehículo en la entrada.

—A ver, déjame a mí –Demi se adelantó y le quitó el teléfono a Belinda de las manos–. Luc, soy Demi. Mira, acaban de traernos el coche, así que ya nos ponemos en camino.

Belinda escuchó la voz de Luc resonar a través del pequeño micrófono del teléfono.

—¿Coche? ¿Qué coche?

—El coche que he alquilado cuando enviamos el helicóptero de regreso. Deberías verlo. Es un Porsche Carrera. La verdad es que se parece mucho al que tenías tú.

—Quedaos donde estáis. Iré a buscaros.

—¿A buscarnos? No digas tonterías. Estamos perfectamente. Estaremos de regreso en media hora o cuarenta y cinco minutos máximo.

—Demi…

Demi cerró el teléfono de golpe y se lo devolvió a Belinda con una sonrisa.

—Hombres. Siempre están tratando de dar órdenes a las mujeres. Vamos, regresemos.

Se deslizó en el asiento del copiloto y se acomodó allí, dedicándole una sonrisa al aparcacoches cuando cerró la puerta. Belinda no tenía más opción que colocarse detrás del volante del deportivo.

Demi le dirigió una mirada extraña, casi retadora, cuando Belinda se puso el cinturón de seguridad.

—Has conducido un coche con palanca de cambios antes, ¿verdad?

—Sí, por supuesto. Pero fue hace mil años.

Belinda tragó saliva para pasar la bilis que se le había formado repentinamente en la garganta y colocó una mano en el volante y la otra en la palanca de cambios. Le había entrado un sudor frío, y lo único que deseaba en aquel momento era quitarse la ropa, que de pronto se le había pegado al cuerpo como si estuviera empapada. Podía hacerlo. Llevaba años conduciendo. Pero entonces, ¿por qué sentía de pronto aquel pánico? Agarró la palanca y metió la primera marcha, y en aquel instante, un cegador rayo de dolor la golpeó en los ojos. El pie se le resbaló del pedal y el coche dio unos bandazos antes de detenerse en seco en la entrada. Un pequeño grito de terror se le escapó entre los labios apretados. Belinda cerró los ojos con fuerza y los apretó todavía más con las palmas de las manos para protegerse de los recuerdos visuales que estaban atravesando las barreras de su cerebro. Imágenes de ella misma detrás del volante de un coche parecido a aquél, aunque oscuro como la medianoche. Las luces del patio se reflejaban sobre su inmaculada superficie.

Una abrumadora sensación de terror mezclada con rabia y sí, también con un sentimiento de traición, le aprisionó el pecho, dificultándole la respiración. Estaba sola en el coche, en el asiento del conductor. Su vestido de novia, una explosión de organza blanca, quedaba recargado sobre la pierna. Las lágrimas le cegaban los ojos cuando encendió el motor del coche y pisó con fuerza el acelerador.

Todo su ser estaba concentrado en una única cosa: escapar de allí.

Entonces, de pronto, Luc se cruzó delante de ella. Pero ya era demasiado tarde. Demasiado tarde para detenerse.

Belinda volvió a revivir el horrorizado sollozo que le surgió de la garganta cuando giró bruscamente y el coche se precipitó hacia la izquierda mientras intentaba esquivarle sin éxito. Y luego el terror cuando vio su cuerpo caer de golpe sobre la entrada de gravilla antes de que los oídos de Belinda se llenaran con el ensordecedor ruido de metal y cristal y todo se volviera oscuro.

–¿Qué diablos crees que estás haciendo? –la voz furiosa de Luc penetró la oscuridad, seguida al instante de las protestas de Hank.

–Tranquilízate, muchacho. No es culpa de Demi. Tu mujer no debería haber estado tras el volante de ese coche, y tú lo sabes.

Belinda hizo un esfuerzo por abrir los párpados al escuchar aquellas voces a su alrededor.

–Sí, lo sé. Ésa es precisamente la razón por la que mandé el helicóptero y un conductor para que las llevara por Taupo. ¿De quién fue la idea de alquilar ese Porsche?

–Mía, fue mía –la voz de Demi sonaba a la defensiva–. Alguien tenía que hacer algo. Tú no estabas preparado para hacer nada respecto a su pérdida de memoria.

–Seguía las indicaciones del equipo médico, indicaciones que te dejé muy claras. No tenías derecho a hacer lo que hiciste.

–Pensé que estaba fingiendo, por eso lo hice. ¡Por el amor de Dios, Luc, estuvo a punto de matarte y sin embargo tú la trajiste contigo a tu casa!

–Ésa fue mi elección. Es mi mujer.

Belinda sintió una tensión entre Luc y Demi que amenazaba con convertirse en una batalla campal. Tenía que detenerlos.

–¿Luc? –preguntó con un hilo de voz.

Él se colocó a su lado al instante y le deslizó el brazo por los hombros para ayudarla a incorporarse.

–¿Qué ha pasado? ¿Dónde estamos?

Belinda miró a su alrededor. Nada en aquella habitación le resultaba familiar.

–Estamos en el hospital, pero voy a llevarte a casa. No es necesario que te quedes aquí.

–Por favor, llévame a casa ahora mismo.

Luc movió a todo el mundo con tanta rapidez que en menos de una hora estaban de regreso en Tautara. Belinda había permanecido en silencio durante el trayecto en helicóptero y no protestó cuando Luc sugirió que se metiera al instante en la cama cuando regresaron a casa.

–¿Estarás bien sola durante unos minutos? Hay algo que debo resolver, pero volveré al instante.

Belinda exhaló un suspiro cansado y se apoyó contra las almohadas que él se había empeñado en colocarle a la espalda.

–Claro. Ahora mismo no voy a ir a ningún lado.

En cuanto Luc se hubo marchado, Belinda cerró los ojos y pidió que el sueño se apoderara de ella. Cualquier cosa sería mejor que centrarse en los espantosos recuerdos que ahora se asomaban a su conciencia.

Ella había sido la causante del accidente que había provocado las heridas de Luc. Era ella la que le había dejado marcado para siempre y con una cojera con la que tendría que vivir el resto de sus días. Las lágrimas le resbalaron bajo los párpados cerrados, y sintió un nudo en la garganta ante la enormidad de lo que había hecho. Con razón no había querido recordar algo tan espantoso.

Pero... ¿por qué había sucedido aquello? ¿Por qué se había sentado ella tras el volante de aquel coche? Incluso ahora podía recordar lo desesperada que se había sentido, lo decidida que estaba a huir del que se suponía debía ser el día más feliz de su vida. ¿Qué pudo haber ocurrido de tan malo para que quisiera huir del hombre al que acababa de jurarle amor eterno al casarse?

Capítulo Diez

Fue vagamente consciente del ruido del helicóptero de Luc despegando. El sonido del motor y de los rotores de cola fue disminuyendo a medida que se alejaba de la propiedad.

El suave clic de la puerta del dormitorio fue el único aviso de que él había regresado. La cama se hundió ligeramente cuando se sentó a su lado. Belinda podía sentir sus ojos clavados en ella, pero no fue capaz de mirarlo. ¿Cómo miraba alguien a los ojos del hombre al que amaba más que a la vida y al que se había estado a punto de matar?

Y lo que era todavía peor, no sabía siquiera por qué.

El cuerpo de Belinda se puso tenso sobre el colchón, y entonces un dedo largo y fresco trazó el camino de sus lágrimas en las mejillas.

—¿Lloras, Belinda? ¿Por qué?

Ella mantuvo los ojos firmemente cerrados, igual que los labios. No podía decirle lo que recordaba. Todo menos eso. Por dentro sentía como si le estuvieran rompiendo el corazón en cientos de pedazos.

La suave presión de los labios de Luc sobre los suyos fue su perdición. Belinda torció la cabeza y le puso las manos en el pecho para tratar de poner algo de distancia entre ellos.

—No, no lo hagas —le rogó.

–¿Por qué no? –su voz encerraba una nota de acero que exigía una respuesta. Aunque Belinda estaba convencida de que no le iba a gustar oírla.

–Por lo que hice.

–¿Lo que hiciste? Dime, ¿qué recuerdas?

–Estuve… Estuve a punto de matarte. ¿Cómo puedes desear que esté contigo si te atropellé con tu propio coche?

–Fue un accidente.

–¿Lo fue? ¿Cómo lo sabes? Tienes que contarme la verdad de lo que sucedió. ¿Por qué conducía yo tu coche? ¿Por qué no estabas tú conmigo? ¿Por qué me has traído aquí de vuelta, cuando deberías odiarme por lo que te hice?

La voz de Belinda había aumentado de intensidad y de volumen mientras le bombardeaba a preguntas. Pero Luc no se apartó de ella. La agarró de las manos y tiró hacia él, estrechándola contra su pecho mientras ella sollozaba de miedo y de frustración.

–Nunca debí haberte mandado a pasar una tarde entera con esa mujer. Sabía que no se puede confiar en ella –maldijo Luc entre dientes. Había subestimado a Demi, y eso le costaría caro. Si Belinda recordaba demasiadas cosas demasiado pronto, sus planes se irían al garete.

Maldición, sentía deseos de asesinar a Demi. Hank había percibido sin duda su ira, porque había aceptado la sugerencia de Luc de que partieran inmediatamente a Napier y se quedaran en casa de uno de sus socios antes del concierto de la noche siguiente.

Acarició el cabello de Belinda una y otra vez hasta que sus sollozos comenzaron a calmarse y cesaron los escalofríos que le sacudían el cuerpo. Luc la apartó suavemente de él y la recostó de nuevo sobre las almohadas. Observó su pálido rostro y deseó que todo el daño que le habían hecho aquel día pudiera deshacerse.

¿De qué se acordaría a continuación? ¿Lo recordaría todo, ahora que le estaban volviendo secuencias más grandes de lo que había sucedido? Tanto si recordaba como si no, eso no importaba. Belinda no volvería a dejarle nunca, de eso se encargaría él.

–¿Cómo puedes soportar siquiera mirarme?

–¿Mirarte? ¿Por qué no iba a querer mirarte? Aunque no fueras mi esposa, eres una mujer muy bella. Mirarte y saber que eres mía me proporciona un placer infinito.

Luc se dio cuenta de que su respuesta la confundía. Se preguntó qué esperaba. ¿Tal vez una declaración de amor eterno? Apretó los dientes con fuerza. Él no manejaba bien las emociones. Belinda recordaría eso enseguida. ¿Cómo reaccionaría? ¿Sería como la última vez, cuando triunfó el reflejo de pelearse para luego alejarse? Hiciera lo que hiciera, contaba con los medios para impedir que volviera a escaparse.

–Estuve a punto de matarte, Luc. Sé que estaba intentando huir de ti y que tú trataste de detenerme. ¿Por qué?

–¿Por qué intenté detenerte? Es muy sencillo. Acabábamos de casarnos. Escuchaste algo que te enfureció y trataste de huir. Tenía que detenerte. No podía permitir que te hicieras daño a ti misma.

–Y lo que hice fue hacerte daño a ti. ¿Fue deliberado?

Luc se había hecho la misma pregunta, pero había llegado a la conclusión de que se trató de un desafortunado accidente. Belinda no estaba familiarizada con la caja de cambios de seis velocidades de aquel deportivo tan potente. No resultó nada fácil convencer a la policía de que no presentara cargos contra su inconsciente esposa mientras estaba atrapado en la cama del hospital.

—No, por supuesto que no fue deliberado. Estabas enfadada, hiciste un juicio equivocado. Yo no debería haberme colocado delante del coche. Yo tuve tanta culpa como tú. Créeme, si hubieras tratado de atropellarme adrede, la policía habría estado en el hospital esperando el momento en que salieras del coma para poder arrestarte.

Luc observó cómo los hombros de Belinda se relajaban un tanto.

—Entonces, ¿por qué? ¿Qué estaba haciendo, en qué estaba pensando? Era el día de nuestra boda. Deberíamos haber salido juntos de la celebración.

—No puedo decirte en qué estabas pensando, Belinda.

Al menos eso era cierto. No tenía ni idea de por qué ella había reaccionado de aquel modo cuando descubrió la verdad que había detrás de su matrimonio.

—Pero sé que si tuviera que volver a hacer lo mismo para impedir que me dejaras o te hicieras daño, lo haría.

—¿Aunque eso significara que te hiciera daño a ti?

Parecía muy confundida allí tumbada en su cama, frágil tanto mental como físicamente. Luc le tomó una de las manos entre las suyas y se la llevó a los labios para depositarle un beso en la parte interior de la muñeca.

—Incluso así.

Luc observó el brillo de calor que desprendieron sus ojos ante su caricia, sintió también su propia respuesta. Le deslizó suavemente la lengua por el pulso que le latía bajo la pálida piel de la muñeca.

—Oh, Luc, ¿cómo puedes seguir deseándome después de lo que hice?

—Siempre te desearé. Te deseé desde el primer momento que te vi. Nunca te dejaré marchar. Nunca —se inclinó hacia delante y le atrapó los labios en un beso pensado para que no le quedara ninguna duda de sus intenciones, ni ninguna duda de su deseo por poseerla. Ella respondió como si fuera una náufraga a la que le hubieran arrojado un salvavidas. Le echó los brazos al cuello y se agarró a él como si temiera que desapareciera si lo soltaba.

El deslizar de la lengua de Belinda por su labio inferior le provocó una sacudida de deseo que le recorrió todo el cuerpo. Al instante la deseó con una desesperación que nunca creyó volver a sentir. Una desesperación que nacía del miedo a perderla. Aquel miedo resultaba ridículo en sí mismo. Belinda no volvería a dejarle nunca. Lo sabía tan bien como conocía cada exquisita línea de su cuerpo. Pero una vocecita interior le urgía a admitir que quería más, que necesitaba más que la simple posesión.

Luc apartó de sí aquel pensamiento con la misma urgencia con la que se quitó la ropa antes de despojar a Belinda de la bata que se había deslizado sobre el cuerpo tras desvestirse antes. A Luc le temblaron las manos mientras le acariciaba los hombros y le deslizaba los dedos por el escote antes de posarlos sobre sus senos.

Cuando ella se apretó contra sus manos, rogándole en silencio que la acariciara más fuerte, Luc obedeció y le apretó los pechos con una firmeza que provocó que se le endurecieran los pezones. Él inclinó la cabeza para introducirse uno de aquellos rosados picos entre los dientes, recorriéndolo con la lengua hasta que ella gimió de placer y le clavó las uñas en los hombros.

Luc reemplazó la lengua por los dedos, tirando de sus pezones y hundiéndoselos mientras Belinda se retorcía contra él. Podía oler su deseo en el aire que los rodeaba, y supo que tenía que saborearla, llevarla de una cima de placer a otra.

La piel de Belinda se estremeció cuando le deslizó la lengua por el ombligo y luego continuó más abajo, hacia la curva interior de sus muslos. Entonces Belinda abrió las piernas, dándole absoluta libertad para que hiciera lo que quisiera hacer.

Luc colocó la boca sobre los húmedos rizos del vértice de sus muslos y deslizó las manos bajo sus nalgas, atrayéndola hacia sí, abriéndola más para tener acceso ilimitado.

Hundió la lengua en el centro de su cuerpo, profundamente, permitiendo que sus dientes rozaran el brillante montículo de carne que encerraba la clave del placer de Belinda.

Ella se retorció contra él, su respiración se iba transformando en jadeos. El cuerpo de Luc ardió en respuesta, forzándolo a colocarse encima y dentro de ella, llevándolo hacia un abismo en el que sólo existía el placer, donde el pasado no existía.

Belinda abrió su cuerpo para él, alzando las caderas y enredándole las piernas alrededor de la cintura. Le agarró el rostro entre las manos y le besó, el sabor de su propio deseo en sus labios le resultó extraño y al mismo tiempo excitante. Cuando Luc introdujo su erección en su cuerpo, ella le succionó la lengua y se movió contra él, atrayéndolo hacia su interior hasta que pensó que ya no podía introducirlo más adentro.

Un chispazo de éxtasis surgió del interior de su cuerpo, irradiándose hacia sus extremidades y obligándola a gritar de placer mientras echaba la cabeza hacia atrás. Sintió la presión que se reconstruía de nuevo en su cuerpo más deprisa que antes, más fuerte, y Belinda se movió al mismo ritmo que él con tempo creciente.

Le acarició el pecho, los hombros y la espalda. Sus músculos de mármol se mostraban duros bajo su contacto. Y entonces, soltando un grito, se introdujo más profundamente todavía que antes y todo su cuerpo se tensó mientras intentaba alargar su clímax un instante más.

Unos leves latidos de satisfacción, similares a pequeñas descargas eléctricas, vibraron a través del cuerpo de Belinda mientras permanecían enlazados sobre la cama. Ahora que la avalancha de sensualidad de Luc había tocado a su fin, se permitió pensar de nuevo en lo que había ocurrido aquel día. En el impacto de recordar qué y quién le había producido aquellas horribles heridas.

La respiración de Luc se hizo más profunda mientras permanecía a su lado con el rostro hundido en la curva de su cuello. Belinda le deslizó una mano cadera abajo, siguiendo el camino de su cicatriz hasta el muslo.

–Lo siento –le susurró sobre su pelo–. Siento haberte hecho daño.

–Eso es el pasado –respondió él con voz profunda, surgida desde el umbral del sueño–. Mañana hablamos. Ahora duérmete.

–Luc.

–¿Mmm?

–Te amo.

Por toda respuesta, Luc la abrazó más fuerte para atraerla hacia su cuerpo, el lugar al que Belinda sabía que pertenecía. Él le presionó suavemente el cuello con los labios.

–Lo sé –sus palabras fueron como un murmullo profundo sobre su piel.

Belinda contuvo la respiración, a la espera de más. A la espera de que le dijera que él también la amaba. Pero esperó en vano mientras el cuerpo de Luc se iba relajando más y más en el suyo y su respiración se hacía más mesurada, indicando que se había quedado profundamente dormido.

Belinda clavó la vista en la oscuridad. Los miedos y los pensamientos le golpeaban la cabeza. ¿La amaría Luc también, o había destrozado ella eso cuando estuvo a punto de destrozarlo a él también? Resultaba obvio que la deseaba, pero el amor físico era sólo una parte de la relación. ¿Qué pasaba con el resto, con la fusión de las mentes, con el lazo emocional que se producía con la unión de dos almas gemelas?

A pesar del calor que desprendía el dormido cuerpo de Luc a su lado, Belinda sintió un escalofrío que le recorrió el alma. Había algo pululando por la sombría periferia de su conciencia, y luchó sin éxito por agarrarlo con la mente mientras el sueño conseguía finalmente vencerla.

***

Luc abrió los ojos de golpe, esforzándose por ver algo en la oscura habitación. Las palabras que Belinda había pronunciado resonaban en su cabeza. En lugar del triunfo que había imaginado que sentiría, lo que había deseado era responderle lo mismo. Pero sabía por experiencia que eso no le llevaría más que a sufrir. ¿Acaso las últimas palabras de su madre no habían sido de amor por su padre, el hombre que había terminado destruyéndolos a ambos? No, era mejor ponerle un tope a sus sentimientos. Era mejor no corresponder al amor de Belinda.

Belinda se despertó a la mañana siguiente sorprendentemente descansada, y cuando Luc sugirió que fueran a nadar antes del desayuno, ella aceptó encantada la idea. La piscina interior, que se calentaba con energía solar y tenía el techo movible, estaba abierta para aprovechar el sol de los últimos días de verano, y resultaba muy apetecible. Luc se lanzó, cortando claramente el agua, y durante un instante, Belinda se limitó a solazarse en la belleza de su cuerpo mientras nadaba de un extremo a otro.

En el agua no había señal de su debilidad en la pierna, ni rastro de la cojera que lo caracterizaba al andar. Belinda sabía lo mucho que le molestaba tener aquel defecto, y le dolía profundamente saber ya que ella era la responsable de eso. Y sin embargo, Luc la había perdonado, se lo había vuelto a decir de nuevo aquel día cuando se cambiaron para ir a nadar.

–¿No vas a meterte? –la cabeza de Luc, oscura y húmeda, asomó por debajo del agua delante de ella.

–Claro que sí.

–Entonces, ¿a qué esperas?

Belinda deslizó la mirada por los fuertes músculos de su cuerpo, la magnitud de sus poderosos hombros y la parte del pecho que le quedaba ligeramente al descubierto por encima del agua.

–Estoy disfrutando de la vista, eso es todo –Belinda trató de bromear. Cualquier cosa era mejor que admitir que por la mañana se sentía todavía más invadida por la culpa que la noche anterior.

Los efectos a largo plazo de sus heridas le caían a ella pesadamente sobre los hombros. Las obligaciones de su posición como anfitrión y guía de sus huéspedes requerían un cierto nivel físico. Un nivel físico que se había visto seriamente dañado por el comportamiento de Belinda.

Sacudió ligeramente la cabeza para librarse de aquella sensación de terror.

–Te echo una carrera hasta el otro lado –le retó Belinda antes de entrar limpiamente al agua.

Nadó con firmeza por la superficie con un escalofrío de emoción mientras sentía la presencia de Luc muy cerca de ella. Llegó al extremo opuesto con los músculos ardiéndole por la falta de ejercicio. Una décima de segundo después, unos dedos firmes le agarraron el tobillo y la hundieron. Bajo la superficie del agua, Belinda se dio el gusto de refugiarse entre sus brazos. Su cuerpo cobró vida en cuanto su piel sintió la suya.

Sintió la curva de sus labios cuando se besaron bajo el agua, sintió el poderío de sus piernas mientras las agitaba para subir.

—Has hecho trampa —protestó Luc contra su boca—. Debería castigarte por ello.

—¿Y si lo reconozco? —Belinda le mordisqueó los labios.

—Entonces tú tendrás que castigarme a mí.

—¿Y eso será antes o después del desayuno? —bromeó ella.

Luc se rió, el sonido de su risa retumbó por las vigas de la piscina y provocó una sensación de felicidad en el interior de Belinda. Desde que habían regresado a casa, a Tautara, nunca le había visto reírse de aquella manera. Saber que era ella la que le había arrancado aquella manifestación de alegría la hacía sentirse muy especial, y la reafirmaba en su idea de hacerle feliz.

Cuando salieron de la piscina, se secaron bien el uno al otro y luego se envolvieron en unos albornoces. Belinda estaba totalmente dispuesta a olvidarse del desayuno cuando secó con la toalla el cuerpo perfectamente proporcionado de Luc y, a juzgar por la reacción de una de sus partes, él también lo estaba. Pero entonces Manu llamó por el intercomunicador para hacerles saber que el desayuno estaba dispuesto en el porche superior de la casa.

Belinda se detuvo un instante cuando estaban a punto de salir de la zona de la piscina para quitarse la parte de abajo del bikini primero y la superior después.

—¿Qué haces? —le preguntó Luc con los ojos brillándole de una forma que ella no supo reconocer.

Belinda sintió una respuesta en el vientre mientras escogía las palabras que iba a decir.

—No puedo soportar tener la ropa de baño mojada

sobre la piel –dijo con la mayor naturalidad que pudo mientras cruzaba la puerta que Luc le estaba sujetando.

–¿Se supone que tengo que tener la mente y las manos puestas en el desayuno sabiendo que estás desnuda bajo el albornoz?

–Tómatelo como el castigo que tenía que inflingirte.

Belinda sonrió y agitó la solapa de su albornoz para darle énfasis a su comentario.

–Ah –Luc deslizó una mano bajo la gruesa tela de toalla para cubrirle un seno, y le acarició lentamente el pezón–. Si es así…

Luc la acorraló contra la pared. Su pierna velluda se deslizó entre sus muslos y se frotó contra ella. El contraste del súbito frescor de su mojado bañador contra el calor de su pubis provocó que Belinda gimiera en voz alta. Los labios de Luc acallaron el sonido colocándole los labios sobre los suyos y besándola con fiereza. Apretó las caderas contra las de ella, rozándola con su erección y despertando en Belinda una instantánea llama de deseo.

–¿Sigues sin poder soportar la ropa de baño en la piel? –le susurró al oído.

Luc se apartó de ella y le volvió a colocar el albornoz antes de tomarla de la mano para guiarla hacia las escaleras del porche. Belinda apenas podía pensar, y mucho menos hablar. En una décima de segundo la había excitado tanto que había mandado al garete el cuidado y la modestia, y había permitido que la tomara allí mismo, contra el muro de cristal de la piscina. Cualquiera de los miembros del personal de servicio podía haberlos visto. La manera en que se perdía en las sensaciones que Luc despertaba en ella resultaba intimidatoria. Con razón se había casado con él. Incluso durante aquellos cuantos días, con los pocos recuerdos que había recuperado, se había convertido en el centro de su vida.

Entonces, ¿por qué había intentado huir de él?

Capítulo Once

—¿Qué te gustaría hacer hoy? —le preguntó Luc mientras partía uno de los champiñones que tenía en el plato—. Yo tengo trabajo que atender esta mañana, pero durante el resto del día podemos hacer lo que te apetezca.

—Si tú vas a trabajar, yo pasaré algo de tiempo en el jardín. Tengo ganas de ensuciarme las manos —Belinda sonrió.

—No hace falta que te manches las manos. Tenemos personal para que lo haga por ti.

—Pero, Luc, es algo que me gusta, algo que me encanta.

Luc estiró el brazo por encima de la mesa y le tomó una mano. La luz del sol captó la luz del diamante azul de su anillo de compromiso, reflejando su brillo por el mantel de lino blanco como un fuego azul.

—Ponte guantes —Luc le acarició los dedos entre los suyos—. No querrás destrozarte estas manos tan bonitas.

En su tono había una nota que provocó un escalofrío en la columna vertebral de Belinda y le puso a la defensiva. Apartó de sí aquel pensamiento. A Luc sólo le importaba su bienestar, se dijo.

—Claro. Si eso te hace feliz…

—Lo que me hace feliz es que seas mi mujer —respondió él besándole los nudillos.

Una vez más sintió un escalofrío de incomodidad,

y le surgió una duda. ¿Qué era lo que le hacía feliz, que fuera su esposa o que fuera de su propiedad? Aquella cuestión le preocupaba, y Belinda extendió con aire ausente la mermelada sobre su tostada mientras trataba de averiguar por qué.

Más tarde, aquella misma mañana, Manu le llevó el teléfono mientras Belinda estaba trabajando en su huerta de plantas aromáticas.

—¿Estás disfrutando? —le preguntó él con una sonrisa en los ojos.

—Oh, sí, mucho —respondió Belinda limpiándose las manos llenas de tierra en los vaqueros.

—Eso está bien. Toma —dijo pasándole el teléfono inalámbrico—. Tienes una llamada de Auckland. Alguien de Producciones Pounamu.

—¿En serio? ¿Y qué demonios quieren?

—Contesta y averígualo.

Belinda se volvió a limpiar a toda prisa las manos desnudas antes de aceptar el teléfono.

—¿Diga? Soy Belinda Tanner —dijo colocándoselo en la oreja.

—Hola, Belinda, soy Jane Sinclair, de Producciones Pounamu. ¿Recuerdas la serie de la que hablamos antes de tu boda, el programa de jardinería de media hora semanal? Nos han dado el visto bueno, a los jefazos les han encantado los planos que te hicimos en los jardines de tu familia. Creen que eres perfecta para este trabajo, y el hecho de que seas tan guapa servirá para subir la audiencia. ¿Cuándo puedes venir a Auckland para ultimar los detalles?

Belinda recibió las palabras de Jane en asombrado

silencio. ¿Una serie de televisión sobre jardinería? ¿Cómo diablos se suponía que debía decirle a Jane que no tenía ni la más remota idea de qué estaba hablando? Haciendo caso omiso de la falta de respuesta de Belinda, Jane siguió hablando de sus planes para la agenda, los planes de producción y todo ese tipo de cosas.

—Entonces, ¿qué te parece la semana que viene? ¿Te viene bien? —concluyó.

—Te llamaré para confirmarlo, pero en principio sí —respondió Belinda sin comprometerse—. Déjame tu número de teléfono.

Manu le tendió un papel y un bolígrafo. Cuando colgó, sentía como si hubiera corrido una maratón.

—¿Tú sabes de qué estaba hablando? —preguntó mirando a Manu estupefacta.

El rostro normalmente afable del hombre adquirió una expresión neutra.

—Tendrás que hablar con Luc de esto. Todavía está en su despacho. ¿Quieres que le avise?

—No, no hace falta. Hablaré con él a la hora de comer.

Manu se dio la vuelta para marcharse, pero vaciló y se detuvo.

—¿Cómo te sientes? Parece una buena oportunidad.

—Sí, lo es —Belinda se sentó en el taburete que tenía al lado y lo miró a los ojos—. Pero algo me dice que esto no está bien. No lo sé —sacudió la cabeza—. La vida sería mucho más fácil si fuera capaz de recordarlo todo.

—Ah, como decía mi abuela, no te ocupes de los problemas hasta que los problemas se ocupen de ti.

—Tu abuela era una mujer muy sabia. Gracias, Manu.

Cuando el hombre salió de la huerta, Belinda se

quedó pensando en sus palabras y en el tono casi como de aviso en que las había pronunciado. ¿Sería mejor para ella no forzarse a recordar? Lo dudaba mucho. Para que su matrimonio fuera completo, ella también tenía que ser una mujer completa, pensó sonriendo, sin agujeros en la mente.

—¿Qué te divierte tanto?

La voz de Luc la sobresaltó.

—Manu me ha dicho que estabas trabajando —se levantó para darle un beso en la barbilla—. ¿Ya es hora de comer?

Luc le agarró las manos entre las suyas y la miró con dureza.

—Aunque no sea la hora de comer, creo que necesitas tomarte un descanso. Mírate.

Belinda volvió a examinarse las manos.

—La tierra sale muy bien con el agua. Además, no tengo que salir a escena ni nada parecido, ¿no? —trató de mantener un tono ligero, pero quedaba claro que Luc le estaba dando órdenes. Y eso no le gustaba lo más mínimo.

—Yo no lo llamaría salir a escena, pero esperamos más huéspedes los próximos días y durante las seis próximas semanas vamos a estar llenos. Sabes que te necesito a mi lado con el mejor aspecto.

Belinda forzó una carcajada.

—Haces que me sienta un adorno. Seguro que soy mucho más que eso.

—Infinitamente más —Luc le pasó el brazo por la cintura para atraerla hacia sí—. Eres lo más importante de mi vida. Lo único que quiero es tenerte lo más cerca posible de mí.

Belinda se libró de responder porque Luc inclinó

la cabeza y la besó, haciendo que se olvidara de todo. Estaba deseando que llegara la tarde para que pudieran pasarla juntos.

Una vez en la suite, Belinda se dio una ducha rápida y se puso unos vaqueros limpios y una camisa blanca de lino de manga larga. Recogió su ropa de trabajar en el jardín para llevarla al cesto de la ropa sucia, y entonces de uno de los bolsillos resbaló un trozo de papel. Lo sujetó entre los dedos y observó el nombre y el teléfono que había garabateado con tanta prisa. Recordó que Luc le había advertido que la semana siguiente tendrían la casa llena de huéspedes. Tenía que hablar con él y buscar el mejor momento para su reunión de Auckland.

Belinda se guardó el trozo de papel en el bolsillo de los pantalones vaqueros y corrió hacia el comedor, donde la estaba esperando Luc. Estaba deseando hablarle de la llamada de Jane.

No se le ocurrió pensar ni por un momento que pondría alguna objeción.

–Es imposible. Dame el teléfono de esa mujer y la llamaré para hacerle saber que no vas a participar en la serie.

Belinda dejó caer el tenedor sobre el plato con estrépito.

–Perdona, ¿cómo dices? ¿Por qué no iba a hacerlo?

–Ya te lo he dicho, te necesito aquí. Éste es nuestro medio de vida. Nuestros clientes esperan un anfitrión y una anfitriona con todos sus adornos. Es lo que mejor sabes hacer, así que no hablemos más de ese programa de televisión.

–¿Lo que mejor sé hacer? Pero, Luc, no puedo rechazar esta oportunidad. Piensa en los encargos que podría conseguir para hacer jardines como nuestra huerta de plantas aromáticas. Incluso Hank quiere que le diseñe uno.

Luc se quedó paralizado al otro extremo de la mesa de comedor.

—¿Hank Walker? No.

—De acuerdo, reconozco que trabajar para él resultaría incómodo por Demi y todo eso. Pero sería divertido viajar a Texas, ¿no te parece?

—Ese viaje nunca va a tener lugar, igual que tampoco sucederá nunca que tú presentes ese programa de televisión.

Belinda sintió la espalda tensa mientras le miraba. ¿Se había vuelto completamente loco?

—¿Qué quieres decir con «nunca»?

—Tu sitio está aquí. A mi lado.

—¿A tu lado? Pero... ¿qué pasa con mi trabajo, Luc? Tengo que reiniciar mi negocio.

—No.

Luc observó detenidamente a Belinda desde el otro lado de la mesa. Había sido sólo cuestión de tiempo. Sus peores miedos estaban cobrando vida a medida que ella recobraba la memoria. Podía sentir cómo la perdía, y la sensación le llenó el corazón de pánico. ¿Tan malo era querer mantenerla allí, a su lado? Se puso de pie y se acercó a ella. Le agarró la mano suavemente y la ayudó a levantarse. Los ojos de Belinda estaban más grises que azules... Fríos, a la defensiva, como si de pronto a él le hubieran salido unos cuernos de demonio en la frente. Y tal vez así fuera, porque prefería que se lo llevara el diablo antes que dejarla marchar. Belinda palideció bajo su mirada. Él se inclinó para besarla, para apartar de ella la ira, pero Belinda retiró la cara. Diablos, a Luc no le gustaba el cariz que estaba tomando la situación, ni la repentina sensación de vulnerabilidad que le atravesó.

–Hemos tenido esta conversación antes, ¿verdad?

Belinda se pasó la mano por la frente, como si quisiera liberar algún pensamiento de la mente. Luc la observó en silencio. Ahora reconocía los signos. Le estaba empezando a doler la cabeza, señal de que iba a recordar algo que iba a disgustarla y que llevaba invariablemente a una pérdida de consciencia. La sujetó con más fuerza, pero Belinda se apartó de sus brazos.

Dios, si sólo había sido el día anterior cuando recordó el accidente. Los recuerdos estaban llegando más deprisa y con más fuerza que antes. Y por desgracia, él no tenía ningún control sobre ellos.

Una repentina certeza atravesó las facciones de Belinda.

–Sí hemos hablado de esto –ella levantó la voz–. Fue justo después de la boda.

–Adelante, sigue –respondió Luc tratando de mantener la voz baja y luchando contra el deseo de decir que todo aquello era mentira.

Belinda parpadeó un par de veces a toda prisa y frunció el ceño mientras parecía estar pensando. Cuando levantó la cabeza, tenía los ojos brillantes de ira y algo más que Luc no supo definir inmediatamente.

Dolor.

Era dolor. Dolor puro y simple que se desgarraba en su presencia. Un dolor emocional de un tipo que él nunca se había atrevido a reconocer en sí mismo. Pero al ver a Belinda tan afectada, no pudo evitar sentir un destello de empatía en el interior de aquel punto oscuro que mantenía oculto a todos los demás. Incluso a sí mismo.

Luc intentó volver a abrazarla, pero Belinda fue más rápida. Se apartó de su alcance y sacudió la cabeza.

—No me toques —dijo con voz grave.

—Basta, Belinda.

—¿Basta? ¿Basta de qué, Luc? ¿Basta de recordar que te casaste conmigo sólo porque era la mejor aspirante para el trabajo? ¿Basta de recordar que me engatusaste para venir a Tautara y para que me metiera en tu cama?

Belinda dio una fuerte palmada a la mesa que había al lado de ellos, haciendo que los platos saltaran. Un vaso se deslizó por el borde y cayó en el suelo de cerámica del comedor, rompiéndose en mil pedazos.

—Dime, ¿estoy en lo cierto? ¿Me he olvidado de algún detalle en particular?

Se lo quedó mirando fijamente con los ojos llenos de lágrimas. Luc sintió por dentro como si un tenue lazo hubiera comenzado a romperse.

—Yo nunca te he mentido, Belinda.

—No, no lo has hecho. Ni tampoco me has amado nunca.

Las lágrimas le resbalaron finalmente por las pestañas de abajo, trazando líneas de plata por sus mejillas.

—¿Y eso es un crimen? El amor es para los idiotas. Lo que nosotros tenemos es...

—Lo que nosotros teníamos —lo interrumpió Belinda con una determinación en la voz que hizo que Luc se quedara petrificado donde estaba.

—¿Lo que teníamos?

—No esperarás que me quede aquí ahora que lo sé todo, ¿verdad? La noche del accidente iba a dejarte.

La noche en la que se suponía que estábamos celebrando nuestra boda. ¿Cómo has podido ocultarme esto y esperar que nunca lo recordara, que nunca quisiera volver a dejarte? Te odio por lo que me has hecho y por lo que me estás haciendo ahora.

Belinda se giró sobre los talones y se dirigió hacia la puerta.

—Detente, ¿dónde te crees que vas? —inquirió Luc apretando los puños a los costados con gesto frustrado. Por muy grave que fuera la provocación, no daría rienda suelta a su ira. Él no era como su padre, pero no permitiría que Belinda se marchara, porque era el centro de su vida. No podía dejarla ir.

—Me voy. Dejo Tautara y te dejo a ti. No puedes detenerme.

Tenía ya la mano en el pomo de la puerta y lo estaba girando.

—Tienes razón. No puedo detenerte —Luc hizo un esfuerzo por inyectar un tono de despreocupación a sus palabras. Tal y como había esperado, ella vaciló y se giró al escucharle.

—¿Se trata de alguna especie de truco?

—¿Truco? No, no me gustan los juegos. Nunca me han gustado.

No había habido juegos en su infancia. La vida había sido algo muy serio desde el principio, mortal incluso. Luc se acercó lentamente a su esposa y percibió el modo en que sus dedos se agarraban nerviosamente al picaporte.

—Está claro que no puedo impedir que te vayas, pero tal vez deberías considerar el efecto que tu partida tendrá en tus padres.

—¿En mis padres? Ellos no querrán que siga en

esta… en esta… «relación» más tiempo del que ya llevo. Si papá tuviera conocimiento de la sangre fría con la que te has casado conmigo, estaría ayudándome a salir por esta puerta lo más deprisa posible.

—¿Estás completamente segura de eso? Tal vez deberías hablar con tu padre antes de marcharte. Asegurarte de que serás bien recibida en tu casa.

—¿Por qué no iba a serlo? Soy su hija pequeña. He trabajado durante años al lado de mi padre, he ayudado a mi madre en todo lo que he podido. Por supuesto que sería bienvenida en mi casa.

En las mejillas de Belinda aparecieron dos puntos gemelos de color que brillaban sobre la pálida porcelana de su piel.

—Entonces tal vez no le importe demasiado que le retire el crédito. Por supuesto, eso significará que tu madre tendrá que dejar el tratamiento que acaba de iniciar en Estados Unidos, y tu padre tendrá que vender sin lugar a dudas sus hoteles para sufragar parte de los costos. Es posible incluso que el marido de tu hermana pierda su puesto de director de los hoteles familiares. Tal vez encuentre otro trabajo con el que puedan mantener el ritmo de vida al que están acostumbrados, o tal vez no. Pero todo valdrá la pena en nombre del amor, ¿verdad?

Luc pasó por delante de ella y abrió la puerta de la suite que compartían.

—Eres libre de marcharte cuando quieras. Sólo asegúrate de que podrás vivir con las consecuencias.

Capítulo Doce

Belinda se dejó caer al suelo en estado de shock entumecida, cuando Luc pasó por delante de ella y se dirigió al pasillo. Cuando el eco de sus pasos se desvaneció, sus pensamientos comenzaron a dar vueltas en círculo al hilo de sus amenazas. Ahora lo recordaba todo. La belleza del día de su boda, la emoción que había experimentado por convertirse finalmente en la señora de Luc Tanner, y luego la espantosa sensación de estar fuera de lugar cuando su padre se la llevó aparte en la fiesta:

–Estoy encantado de ver que finalmente esto se ha convertido en una unión por amor –había dicho Baxter Wallace.

La felicidad que sentía Belinda en el día de su boda se vio algo mermada por las palabras de su padre. «¿Se ha convertido en una unión por amor?». ¿Es que no había sido eso desde el principio?

–¿Qué quieres decir, papá? Por supuesto que estamos enamorados.

Su padre se sonrojó levemente y luego siguió hablando.

–Luc Tanner lleva años detrás de ti, querida. No ha ocultado nunca cuánto ambicionaba contar con tus facultades y el modo en que complementabas todo lo que abarcan los hoteles Wallace. Yo siempre me interpuse en su camino, pero ahora que os veo a los dos juntos tan felices, ya no me siento tan mal al respecto.

—¿Mal respecto a qué? —insistió Belinda.

—Oh, son asuntos de hombres. Nada de que tu hermosa cabecita tenga que preocuparse, querida. Baste con decir que tu madre y yo estamos muy contentos.

El modo condescendiente en que le estaba hablando le puso de los nervios. Eso era precisamente lo que había retrasado sus intentos de liberarse de las expectativas de su padre.

—Cuéntamelo —le exigió mirando a su padre firmemente a los ojos de manera que no le quedara duda de que no iba a dejar pasar el asunto.

—Bueno, ya sabes lo mucho que nos afectó esa estafa de las tarjetas de crédito. Perdimos cientos de miles de dólares.

—Sí, pero creí que habías dicho que lo habías conseguido arreglar con el banco.

—Bueno, sí, así fue. Pero con tu madre enferma y esperando a entrar en ese tratamiento especial en Estados Unidos, necesitábamos un poco más.

—¿Un poco? ¿Cuánto, papá?

—Luc Tanner nos prestó el dinero para salir del apuro.

—Entonces, te hizo un préstamo. ¿Por qué tendrías que sentirte mal al respecto? —preguntó, confundida.

—No fue exactamente un préstamo. Tanner puso unas condiciones concretas. De hecho, una condición concreta.

Belinda sintió que se le encogía el corazón ante las palabras de su padre. Sabía lo que iba a decir antes incluso de que lo dijera.

—Te quería a ti como esposa.

–¿Me compró?

¿Cómo podía ser verdad? ¿Realmente su padre la había entregado como pago de sus deudas?

Su padre la había tratado durante toda su vida como un objeto al que podía exhibir. Belinda había considerado siempre que se trataba de orgullo paterno. Pero estaba equivocada. Muy equivocada. No había sido más que una cabeza de ganado en la finca de su padre, preparada para ser vendida al mejor postor. A otro hombre para quien no sería nada más que una nueva adquisición.

–Estás exagerando, querida, como siempre. Siempre tan romántica, tan emocional. Además, estás enamorada de él, ¿verdad? Seréis muy felices juntos… la pareja perfecta. Serás un plus para su negocio, justo lo que le hace falta para borrar las dudas que cualquiera podría tener sobre sus orígenes. Y lo mejor de todo es que ahora tu madre puede recibir el tratamiento en Estados Unidos que le ha recomendado su médico. En cuanto se encuentre lo suficientemente bien para viajar, nos pondremos en camino.

Las palabras de su padre cayeron sobre ella como una lluvia de piedras, cada una de ellas golpeándole el corazón. No quería creer que aquello fuera verdad, que la hubieran vendido al mejor postor. Sólo había una persona que podía refutar las ridículas afirmaciones de su padre.

Luc. Sólo él podía decirle la verdad. Por supuesto que se habían casado por amor.

Luc apareció a su lado con toda su esplendorosa elegancia. El esmoquin hecho a medida le confería una presencia más poderosa todavía de lo habitual.

–¿Estás lista para que nos vayamos? El aparcacoches ha ido a buscar el Porsche.

Belinda le colocó una mano temblorosa en el brazo.

–¿Es cierto? ¿Tú me has comprado?

–¿Comprarte? ¿De dónde has sacado esa idea?

Luc le lanzó a Baxter Wallace una mirada asesina, y eso fue lo único que Belinda necesitaba para saber la verdad.

–Dime que me amas, Luc. Dime que te has casado conmigo porque me amas.

–Belinda, esto es ridículo. Estamos casados. Vamos, el coche espera.

Ella se zafó de su mano.

–Dime que me amas y que no te has casado conmigo sólo para que Tautara tenga una anfitriona.

–Por supuesto que no. Podría haber contratado a una, si fuera eso lo único que quería –Luc le acarició la línea del escote–. Tú sabes que nosotros tenemos más que eso, mucho más.

–Entonces, ¿no tienes ninguna objeción en que continúe desarrollando mi carrera de paisajista? ¿Ni en que colabore con el programa de televisión que se supone debo comenzar en unos meses? –le sondeó Belinda, conociendo cuál iba a ser la respuesta antes incluso de que hablara.

–No tendrás tiempo para eso. Vas a estar muy ocupada conmigo y con la hacienda.

A Belinda se le heló la sangre en las venas cuando escuchó sus palabras. Era cierto, para él no era otra cosa que una adquisición. Un complemento perfecto para el mundo perfecto que se había creado. Era un objeto, no una compañera.

Una amante. Pero no alguien amado.

–No puedo hacer esto –las palabras le salieron de la garganta en forma de sollozo mientras todos sus sueños para el futuro se convertían en polvo.

Belinda se recogió las faldas del vestido y pasó por delante de los dos hombres.

–Se ha acabado. No puedo hacerlo. No puedo casarme contigo.

Su padre y Luc se quedaron paralizados donde estaban mientras ella salía corriendo hacia la entrada del salón donde se estaba celebrando la boda. Los invitados estaban bailando y celebrando el enlace, y nadie la vio salir. Luego avanzó lo más deprisa que pudo hasta el vestíbulo del hotel y salió por la puerta delantera, donde el Porsche Carrera de Luc esperaba con el motor encendido…

El impacto con el que había recordado su boda se fue aliviando poco a poco, dejándole un dolor desvaído y palpitante en el corazón y una sensación de náusea en la boca del estómago. ¿Cómo podían haberla embaucado de aquella manera? Durante toda su vida creyó que se casaría sólo por amor. Y así había sido. Había amado a Luc con todo su ser; con la cabeza, el cuerpo y el alma. Todavía lo amaba, y eso formaba parte del problema.

Por eso ahora se sentía doblemente traicionada, no sólo porque él hubiera reconocido el día de su boda que nunca la había amado, sino por su fría decisión de que sus vidas continuaran como hasta el momento. Que su descubrimiento de la verdad no interfiriera en el grandioso plan de su vida.

Belinda se puso de pie tambaleándose y cerró de un portazo antes de dejarse caer en uno de los sofás de cuero y acurrucarse en un ovillo de dolor. Ahora lo recordaba todo. La primera vez que vio a Luc, la primera vez que habló con él, la noche que le pidió que se casara con él... Todos los recuerdos resultaban agridulces, ensombrecidos por la certeza de que ella no había sido más que un proyecto, un logro a realizar. Con razón había reaccionado con tanta vehemencia en el hospital, y con razón su padre se había sentido tan incómodo.

Los últimos días había estado viviendo una mentira.

La habían traicionado los dos, su marido y su padre. Y ahora estaba atrapada en el castillo del reino que se había construido Luc. Ahora no podía salir de allí bajo ningún concepto, con la vida de su madre en juego. Si se hubiera tratado sólo de una pérdida de dinero para su padre, lo habría hecho sin dudarlo. Se habría alejado de Luc para dirigirse a un futuro incierto, pero tal y como estaban las cosas, no podía destruir la oportunidad que tenía su madre de recuperarse.

Imaginó que sus hermanas le dirían que tendría que estar agradecida por tener un marido rico y un estilo de vida envidiable, cosas que ellas consideraban mucho más importantes que el amor. Y sin embargo, ellas habían encontrado el amor con sus compañeros y sus crecientes familias.

Familia. Un estremecimiento recorrió la espalda de Belinda. Justo antes de casarse, Luc había dicho que quería tener familia de inmediato. Ella había hecho un puchero y le dijo que quería tenerlo un poco sólo para ella antes de que se pusieran a intentarlo. Y le habló del dispositivo de control de natalidad a largo plazo que estaba usando, un sistema que no estaba sujeto a los cambios, a olvidos ni a la enfermedad. Todo estaba controlado siempre y cuando recibiera su inyección cada doce semanas. Estuvieron de acuerdo en que le pusieran una dosis antes de la boda, y que después hablarían sobre si todavía deseaban aumentar la familia. Podía estar agradecida en aquellos momentos de no estar embarazada bajo ningún concepto.

No estaba dispuesta a someter a un niño a un padre sin amor. Eso no sería justo para nadie.

Tal vez no pudiera dejar a Luc por lealtad y responsabilidad hacia su familia, pero sí podía asegurarse de que no pudiera perpetuar su dinastía ni castigar a ningún niño con las expectativas carentes de amor que le había impuesto a ella.

Belinda aspiró con fuerza el aire y se llenó con él los pulmones, deseando poder llenarse de decisión con la misma facilidad. Se veía obligada a acceder a los deseos de Luc. Estar a su lado, recibir a sus invitados, asegurarse de que su mundo funcionara con la suavidad necesaria. Luc tenía a la anfitriona perfecta, y allí era donde todo empezaba y terminaba.

Belinda estiró las piernas que tenía dobladas debajo del cuerpo y se puso de pie. Le temblaban un poco las rodillas cuando se dirigió hacia el teléfono para hacer la llamada que terminaría con sus sueños. Cuando colgó tras hablar con Jane Sinclair, le picaban los ojos por las lágrimas que no había derramado y tenía atrapadas en la garganta las palabras que nunca pronunciaría.

***

Luc recorrió arriba y abajo el espacio de su despacho. No había sido su intención chantajear a Belinda, pero al final se vio obligado a hacerlo para mantenerla en el lugar donde la necesitaba. Donde él siempre había querido que estuviera. El sitio al que pertenecía.

La imagen de Belinda tal y como la había dejado unas horas atrás le ardía en la mente. Le había provocado un dolor espantoso. Eso lo entendía. Más razón todavía para no ceder terreno ante esa abominación que la gente llamaba amor. El amor llevaba consigo debilidad. Luc Tanner no era débil. Se había abierto camino en la vida a pesar de sus orígenes, y no gracias a ellos.

Se rascó distraídamente el brazo izquierdo, el brazo que su padre le había roto la noche en que perdió completa y absolutamente el control. Max Tanner era un hombre brutal que manejaba su casa con una furia alentada por el alcohol. Esa noche en concreto estaba más enfadado de lo habitual, con una borrachera aterradora. Luc todavía podía oír a su madre, también bastante bebida, aguijoneando a Max. Todavía podía sentir el sabor amargo del miedo en la boca, la total indefensión que sintió al saber que no podía hacer absolutamente nada para impedir lo que sin duda iba a suceder después.

Cuando Max la atacó a puñetazos y patadas, Luc, que era un niño desgarbado de doce años al que todavía tenían que crecerle las manos y los pies, trató de intervenir. Su padre le había arrojado a un lado rompiéndole el brazo. Luego había estrechado a su vapuleada esposa entre sus brazos, sollozando y confesándole su amor incondicional mientras la llevaba a urgencias. Pero tenía los sentidos bastante mermados, así que perdió el control del vehículo y ambos se mataron. Pasaron muchas horas antes de que llegara la policía a comunicárselo a Luc. Para entonces, él ya se había convencido de que había escuchado ya bastante del amor. Después de eso, negar sus emociones no había sido nunca un problema. Hasta que vio a Belinda y la deseó con un arrebato que sobrepasó incluso sus ansias de triunfo. Así que la adquirió, tal y como hubiera hecho con una propiedad cuyo dueño fuera reacio a vender. Y eso era todo. No había nada más. Y así sería para siempre. No podía permitirse otra cosa.

Tendrían una buena vida cuando ella aceptara todos los beneficios que podría conseguir. Llevaría algún tiempo apuntalar el muro que se había ido abajo cuando Belinda recuperó la memoria, pero él era un hombre paciente. Sin embargo, quería más. Quería que regresara la mujer que le había abierto el corazón con la misma generosidad con la que le había entregado su cuerpo. Se había acostumbrado a saborear, de hecho a desear, la repentina subida de ánimo que experimentaba cuando ella estaba cerca, la sensación de incuestionabilidad cuando estaban juntos como marido y mujer.

Luc dejó de recorrer la habitación y miró a través del ventanal hacia la huerta aromática que ella había creado. Podía verla dentro de su cabeza trabajando en ella, alzando la vista con una sonrisa hacia su despacho, desde donde sabía que él la estaría observando.

Belinda era una obsesión para él. Lo había sido desde el primer momento. Pensó que podría tenerla, estrecharla entre sus brazos, hacerle el amor y seguir manteniendo las distancias, que sus emociones fueran impenetrables.

Y lo había conseguido. Hasta ese momento.

Luc soltó una palabrota y avanzó a grandes zancadas hacia la puerta para abrirla, ignorando las preguntas de Manu cuando pasó por delante de él. Atravesó la parte principal del edificio y se dirigió de regreso a la suite.

La mujer que se puso de pie para recibirle cuando cruzó a toda prisa la puerta era, a efectos prácticos, la misma que había dejado unas horas atrás. Luc dejó escapar un aire que no sabía que estaba conteniendo, dejó escapar el miedo a que Belinda hubiera apelado a su amenaza para hacer las maletas y marcharse de Tautara.

Ella había cambiado desde el último encuentro. Ya no iba vestida con ropa cómoda. Se había puesto un vestido negro sin mangas cruzado por delante que sujetaba sus pechos perfectos como si fueran las manos de un amante. A Luc se le agolpó la sangre en la entrepierna. Llevaba los pies calzados en unas sandalias de tacón con tiras. Estaba impecable, exquisitamente bella, sin un solo cabello fuera de lugar. Era todo lo que él deseaba que fuera, y sin embargo parecía que estuviera contemplando la cáscara de la mujer con la que se había casado. Y él quería algo más que un trofeo.

–¿Has terminado por hoy? –le preguntó Belinda fríamente.

–Sí –respondió Luc muy despacio. Había terminado con el trabajo de oficina, pero el enigma que tenía delante de él era otra cosa.

–¿Quieres que te sirva una copa?

–Gracias –Luc se quitó la chaqueta y la dejó caer en la silla que tenía al lado.

Observó cómo ella se acercaba al minibar que estaba en la esquina y quitaba hábilmente el corcho de una botella de champán. ¿Champán? Luc habría apostado a que le serviría otra cosa, algo áspero y fuerte con hielo. Belinda sirvió dos copas y le pasó una a él, entrechocando ambas.

–Por nuestro nuevo comienzo –brindó ella.

Luc la observó detenidamente. No había señal de sarcasmo ni de ira. De hecho, su rostro no reflejaba ninguna expresión.

–Por nuestro nuevo comienzo –él dejó escapar un silencioso suspiro de alivio y dio un sorbo a su copa–. Me alegro de que hayas decidido quedarte.

–No me has dejado alternativa –Belinda tomó asiento en el sofá de piel y cruzó una pierna sobre la otra con elegancia. La tela del vestido se le deslizó por el muslo, dejando al descubierto la suavidad de su piel–. Pero te alegrará saber que he estado pensando estas últimas horas y tienes razón. El amor es para los idiotas. No tienes que preocuparte de que yo… –vaciló un instante, como si estuviera buscando la palabra exacta–, complique las cosas entre nosotros.

¿Quién era aquella mujer? ¿Qué era lo que había hecho él? ¿Había acabado con su luz para siempre? Luc se sentó a su lado y le deslizó un dedo por la rodilla hasta el muslo. Vio la llama del deseo reflejada en los ojos de Belinda. Ella dejó la copa sobre la mesa auxiliar que tenía al lado, y luego le puso la mano en el pecho, empujándolo suavemente hacia atrás mientras le desabrochaba con destreza los botones de la camisa antes de hacer lo mismo con el cinturón.

—Tú quieres la esposa perfecta —le susurró sobre los labios mientras se deslizaba al suelo, arrodillándose entre sus piernas para deslizarle la camisa por los hombros antes de bajarle la cremallera de los pantalones—. Eso puedo hacerlo.

Luc gimió cuando liberó su tensa erección y le acarició, deslizándole fuertemente los dedos por el mástil antes de llegar a la punta. Luc deseaba aquello, la deseaba a ella. Eso no había cambiado. Pero había algo que no estaba bien. Parecía como si faltara una pieza vital.

Belinda volvió a tomar la copa de champán y bebió un poco antes de inclinarse hacia delante y tomar a Luc con la boca. El contraste entre sus labios ardientes y el frío champán suponía una deliciosa tortura.

Y en la décima de segundo que transcurrió antes de que su clímax le privara de cualquier pensamiento coherente, Luc no pudo evitar sentir que había perdido algo infinitamente precioso antes siquiera de darse cuenta de que lo tenía.

Capítulo Trece

Luc vio cómo Belinda se llevaba a un grupo de huéspedes a dar un paseo a caballo. La fila salía del establo para dirigirse a la ruta pensada para jinetes principiantes.

Belinda hacía aquello tan bien como todo lo demás. Era una consumada amazona, una consumada esposa… y él no podía pedirle más. Durante el día ayudaba a asegurarse de que los huéspedes, en aquellos momentos un príncipe europeo y su familia, disfrutaran al máximo de las posibilidades que ofrecía Tautara. Por la noche permanecía a su lado mientras hacían los honores tanto de manera formal como informal. Nunca habían tenido tantas reservas de gente que repetía. Y sin embargo, Luc no estaba satisfecho.

Verla actuar con los hijos del príncipe fue un toque de atención y un recordatorio de las conversaciones que habían tenido respecto a los niños antes de casarse. Tras ver cómo el más pequeño de sus huéspedes se dormía la noche anterior en brazos de Belinda, estaba más decidido que nunca a fundar su propia familia.

Decidió hablar con Belinda en cuanto sus obligaciones con el grupo que tenían alojado se lo permitieran. Aquella noche iban a llevar a sus invitados a Taupo, a comer al lado del lago, el restaurante estaba reservado sólo para ellos para evitar amenazas a su seguridad y las intrusiones de la prensa. No esperaban al siguiente grupo hasta el siguiente fin de semana. Durante los próximos días, por primera vez desde el día que Belinda recuperó la memoria, estarían solos en la hacienda. Era el momento perfecto para sacar el asunto de los hijos. Luc sonrió. Su hijo llegaría al mundo como un niño deseado. Tenía mucho que ofrecerle y los medios para garantizarle que no le faltara de nada.

Cuando tuviera su propia familia, Luc habría conseguido todos los objetivos que se había marcado como medio de liberarse de la influencia de su padre, demostraría que era capaz de crear su propio mundo y mantenerlo.

Belinda observó su reflejo en el espejo del baño y suspiró. Comenzaban a mostrarse las señales de la tensión de vivir una mentira. Lo notaba en las finas líneas que le rodeaban los ojos. Nunca hubiera creído que sería tan difícil vivir como siempre lo había hecho. Haciendo todo lo que tenía que hacer, ser la mejor en lo suyo. Incluso Manu le consultaba su opinión para planear los menús y las actividades de los huéspedes. Día tras día iba adquiriendo más responsabilidades, dejando que Manu se concentrara en la pesca, el rafting y los deportes y Luc hiciera…Bueno, lo que le diera la gana hacer.

Belinda agarró con fuerza el frío mármol del tocador hasta que le dolieron los dedos mientras trataba de calmar la ira que sentía cada vez que pensaba en el modo en que su marido manipulaba su vida.

Y lo peor de todo era que ella se lo permitía.

Pero valía la pena, se consoló a sí misma. Sus padres le habían dicho que el tratamiento de su madre en los Estados Unidos estaba resultando un éxito. Eso era lo único importante, pensó Belinda. Que su madre se recuperara. Que aquel dolor diario, que aquellas noches infernales valieran la pena. No tenía ni idea de que fuera a ser tan terriblemente duro.

Escuchó a Luc moviéndose por la habitación. Su cuerpo reaccionó traicionero ante su cercanía. Aquella noche, Luc se había mostrado extremadamente atento. En otras circunstancias, se habría relajado para disfrutar de sus atenciones, pero sabía sin sombra de duda que Luc Tanner no hacía nada sin motivo.

En las últimas semanas se había preguntado con frecuencia qué le había hecho ser así, y a pesar de que a Manu se le había escapado que eran amigos desde la infancia, no pudo obtener más información de por qué su marido se había convertido en el hombre de granito que era ahora.

Belinda estiró la columna vertebral. Los pliegues del camisón le caían suavemente por el cuerpo, acariciándole los pechos y las caderas como una suave brisa de verano. Dejó escapar un profundo suspiro y entró en la habitación.

Luc alzó la vista al verla aparecer y frunció ligeramente el ceño.

—¿Estás cansada? —le preguntó.

—Un poco. Ha habido mucho trabajo.

—Y tú has asumido más del que yo tenía derecho a esperar. Creo que será mejor que bajes el ritmo.

Luc dio un paso adelante y le cubrió la mejilla con la mano. Ella deseó más que cualquier otra cosa en el mundo poder apoyar la cabeza en el calor de su piel y sentir algo de consuelo, pero sabía que eso era imposible. Luc había dejado claro que no tenía emociones, que no la amaba, y así ella no podía aceptar tampoco su consuelo.

La perspectiva de los años venideros se desplegó ante ella como un árido desierto.

–Estaré bien. Me gusta andar ocupada –trató de tranquilizarlo.

Belinda se apartó de él y, al hacerlo, observó la expresión irritada que cruzó el rostro de Luc. Así que le había molestado. En aquel momento no le importaba, y se concentró en abrir la cama y meterse entre las crujientes sábanas de algodón.

Con la llegada del otoño, había comenzado a refrescar por las noches. Como jardinera que era, el otoño no debería ser su estación favorita, pero había algo en el cambio de estaciones, en el adormecimiento que anunciaba la inevitable cercanía del invierno, que siempre le había gustado.

El valle que se abría a sus pies ya estaba mostrando su increíble gama de rojos y dorados. Belinda tendría que estar pensando en plantar los bulbos para la primavera, y se dijo que tenía que recordarles a los jardineros dónde los quería. Por supuesto, en un mundo ideal tendría que estar plantándolos ella. Pero había descubierto que le resultaba más fácil relegar esas tareas antes que permitirse a sí misma el lujo de volver a ensimismarse de nuevo en el amor a su jardín.

Le resultó más fácil poner cierta distancia con las cosas que más amaba. Era demasiado doloroso.

Belinda estiró el brazo, apagó la luz de la lámpara de su mesilla y se recostó contra las almohadas con los ojos cerrados. Cuando Luc fue en su busca, como hacía la mayoría de las noches, ella se giró y fluyó entre sus brazos. Al menos el alivio físico le garantizaba el sueño. Aquello era mejor que quedarse toda la noche a su lado, reviviendo los momentos en los que debería haber visto las señales de advertencia. Las señales que le hubieran indicado que estaba persiguiendo una quimera cuando aceptó casarse con él. Aquélla era una cruz que debía cargar ella sola.

Cuando Luc la atrajo hacia sí, percibió el vacío de su interior. Resonó en su propio corazón como un grito en una habitación vacía. Ella accedía a hacer el amor con él todas las noches, pero Luc sentía como si cada vez lo apartara más de sí. Y eso él lo odiaba. Quería que volviera. Entera. Con el alma y el corazón.

Aquella noche se tomó su tiempo para excitarla, para asegurarse de que el cuerpo de Belinda estaba tan hambriento como lo estaba siempre el suyo del de ella. Aquella noche quería acariciarle el corazón, atraerla de nuevo hacia él del modo en que habían sido antes las cosas, cuando ella lo amaba. En el momento en que Luc se colocó encima de ella, situándose en su entrada, Belinda estaba ya al borde del clímax, perdida en los ritmos, las caricias y los sabores de su acto amoroso. Cuando entró en ella, Belinda se agarró a sus hombros y él recibió de buen grado aquel contacto. La certeza de que podría llevarla al clímax, proporcionarle un placer infinito, suponía un agudo contraste con la frialdad de su relación.

La luz de la luna se deslizó por la cama. Los ojos de Luc se clavaron en los suyos cuando sintió crecer la tensión en el interior de Belinda, sintió su cuerpo temblar con aquella oleada final cuando se apretaba contra ella. Y entonces, cuando su cuerpo se estremeció de placer, Belinda cerró los ojos con fuerza y giró la cabeza en la almohada, como si no pudiera soportar la idea de que hubiera sido Luc quien la había llevado al éxtasis.

Él se quedó muy quieto mientras el cuerpo de Belinda continuaba cerrándose sobre él. Tal vez la tuviera físicamente, pero mentalmente la había perdido sin remedio. El corazón le latió dolorosamente en el pecho y su cuerpo gritó en protesta cuando el de ella se retiró del suyo. Aunque apenas los separaban unos centímetros, Luc sintió como si hubiera un océano entre ellos. Cuando la respiración de Belinda se fue estabilizando y se durmió, él se levantó de la cama, se puso la bata y salió de la habitación.

A la mañana siguiente, Belinda se preparó para viajar en helicóptero al aeropuerto de Taupo, donde sus huéspedes subirían a un jet privado que los llevaría de regreso a casa. Había llegado el momento de ponerse la siguiente inyección, y no estaba dispuesta a asumir ningún riesgo trayendo al mundo a un hijo en una relación que ya no funcionaba, por muy atrapada que estuviera Belinda en ella.

Se estaba poniendo el bolso al hombro para salir de la suite cuando Luc entró por la puerta.

—Manu dice que vas a ir a Taupo.

—Sí. Tengo que hacer unas cosas.

—¿Qué clase de cosas?

—Compras y eso —no pensaba contarle a Luc que tenía cita para ver al médico, porque sin duda insistiría en que la cancelara.

—Necesito que estés hoy aquí.

—Luc, regresaré a la hora de comer —Belinda suspiró.

—Le diré a Jeremy que llevará un pasajero menos. Tenemos asuntos que tratar —Luc agarró el teléfono móvil que llevaba colgado del cinturón.

Belinda masculló entre dientes. ¿Hasta dónde podría contarle?

—Tengo una cita que no quiero cambiar. Si me olvido de las compras, puedo estar en casa en dos horas.

—¿Una cita? —Luc levantó los ojos antes de marcar el número del piloto—. ¿Qué clase de cita?

—Una cita con el médico. Nada serio. Es un simple chequeo, cosas de mujeres.

—Cosas de mujeres —repitió él con voz monótona—. Te refieres a la anticoncepción, ¿verdad?

—Bueno, sí, me toca otra inyección. Ya sé que hablamos de esto antes de casarnos y dijimos que cuando pasaran tres meses intentaríamos ampliar la familia, pero dadas las circunstancias... —su voz se desvaneció.

—¿Circunstancias? ¿Te importaría explicarte mejor?

—¿De verdad lo crees necesario, Luc? Por supuesto que no podemos siquiera pensar en tener familia. Los bebés necesitan un hogar amoroso y dos padres que se quieran. Los dos sabemos que éste no es el caso. Sería una crueldad tener un hijo.

Luc no dijo nada, pero volvió a levantar el teléfono y marcó los números.

—¿Jeremy? La señora Tanner no irá contigo hoy. Puedes despegar en cuanto estés listo.

—¿Qué estás haciendo? —inquirió Belinda—. Tengo una cita.

–A la que no vas a acudir. Vamos a hablar de esto ahora mismo. Siéntate, por favor.

–Prefiero seguir de pie, gracias.

Luc se acercó a ella, la agarró suavemente de los hombros y la sentó en el sofá que estaba detrás de ella. Él se colocó enfrente.

–No voy a tener un hijo tuyo –aseguró Belinda con los puños cerrados sobre el regazo–. Y punto. Si no me dejas acudir a mi cita, entonces dormiré en otro lado. En el cobertizo, si es necesario.

La risotada que soltó Luc carecía de cualquier atisbo de humor.

–Te quedarás en nuestra habitación, en nuestra cama.

–No puedes obligarme.

–No, como tampoco te obligué a quedarte. Te di opción, ¿recuerdas?

–¿Opción? Apelaste a la salud de mi madre, a la seguridad financiera de mi padre, al empleo de toda mi familia, me forzaste a quedarme y lo sabes. No sé quién o qué te ha hecho ser como eres, pero no eres el hombre del que creí haberme enamorado. No tienes compasión. ¿Cómo esperas criar a un niño sin amor? Y sin amor, ¿quién garantiza que no vaya a convertirse en un monstruo como tú?

Luc se puso tenso, como si le hubiera dado un golpe.

–¿Un monstruo, dices?

–Ya me has oído. Te prometí que me quedaría aquí, que sería tu esposa y tu anfitriona. Pero no tienes derecho a pedirme nada más. Sinceramente, Luc, no me queda nada que darte.

Luc vio cómo se levantaba y se dirigía al dormitorio. El ruido de la puerta al cerrarse resonó por la suite ahora vacía. Repitió las palabras de Belinda una y otra vez: «Me forzaste». «No tienes compasión». «Monstruo». Ninguna de ellas le hacía distinto del hombre al que había odiado más que a nadie en el mundo. Y todas eran dolorosamente ciertas.

¿Cómo podía haberse equivocado tanto?

Luc dejó escapar un profundo suspiro. Tal vez no fuera físicamente tan bruto como su padre, pero sicológicamente no era muy distinto. Sintió un fuerte nudo en el estómago. Dejó caer la cabeza entre las manos y gimió.

Con razón Belinda no quería tener un hijo suyo. De hecho, ¿cómo podía soportar siquiera que la tocara? Como ella misma había dicho, nunca volvería a entregarle su corazón. Luc había tomado el regalo que le ofrecía y se lo había arrojado a la cara. Y no sólo una vez, sino dos. La vida le había dado una segunda oportunidad cuando Belinda perdió la memoria, pero él había estado tan empecinado en lo que creía que deseaba que la había tirado por la ventana.

Sólo podía hacer una cosa para arreglar aquello, aunque le costara la vida. Tenía que dejarla ir.

Capítulo Catorce

Cuando Belinda regresó de trabajar en el jardín, parecía agotada. Luc sabía que no había parado en todo el día, y al mirarla supo que había tomado la decisión correcta.

Él también había trabajado duro al teléfono y a través de Internet, negociando y ultimando los detalles de su nuevo futuro.

Belinda ni siquiera le dirigió la palabra cuando pasó por delante de él y se encaminó a la habitación. Luc la siguió y observó en silencio cómo sacaba algo de ropa del armario antes de dirigirse al baño.

—¿Qué pasa? —le preguntó girándose en el umbral—. ¿Por qué me miras así?

—Por nada. Me gustaría hablar contigo cuando termines de ducharte.

—No tengo nada que decirte, Luc.

—Ya lo sé. Pero yo tengo muchas cosas que decirte, así que... por favor, cuando hayas terminado ven a mi despacho.

Belinda vaciló un instante. ¿Por favor? ¿Se lo había pedido por favor? Desde que lo conocía nunca le había escuchado pedir nada así. Todo eran órdenes.

—Sí, de acuerdo. Voy enseguida.

Tras darse una larga ducha, Belinda desechó la ropa que había escogido y se puso en su lugar un jersey negro de cuello alto y pantalones a juego. Se acercó al despacho de Luc, llamó a la puerta y entró. Él estaba detrás de su escritorio. Parecía muy pálido, y tuvo la impresión de que cojeaba más de lo habitual cuando se acercó al mueble para servir dos copas de vino.

—Toma, creo que los dos lo vamos a necesitar —dijo enigmáticamente.

Belinda tomó la copa que le ofrecía y se sentó en una de las butacas de piel. Luc se acercó a la ventana y le dio la espalda. Cuando empezó a hablar lo hizo con voz serena, pero ella percibió la tensión en cada línea de su cuerpo.

—Belinda, voy a dejarte marchar —dijo finalmente—. Lo he arreglado todo para que Jeremy te lleve a Auckland en cuanto terminemos esta charla. Un coche te llevará directamente a casa de tus padres. Su ama de llaves te está esperando.

—Pero... ¿y qué pasa con el dinero, con la deuda de mi padre? —Belinda sintió una oleada de pánico.

Él se acercó al escritorio y levantó un fajo de papeles unidos por un clip. Se los pasó.

—Aquí está todo el papeleo legal. Necesitarás contratar tu propio abogado para que lo revise. Haz todos los cambios que quieras. No discutiré nada. Firmaré lo que a ti te parezca.

Belinda repasó el documento; la sangre se le heló en las venas al darse cuenta de que se trataba de un acuerdo de separación. Sus dedos se deslizaron por las páginas, deteniéndose en la parte en la que hablaba de los bienes que le correspondían a ella. Allí estaba incluida la deuda que su padre tenía contraída con Luc. Belinda abrió los ojos de par en par al ver la suma que Luc le había prestado a su padre.

—Pero esto es una enorme cantidad de dinero. No puedes prescindir de ella como si tal cosa.

—Créeme, sí puedo —Luc se dejó caer en la butaca que había frente a la suya y agarró su copa de vino—. Nunca se ha tratado del dinero, sino de ti. Cometí un error al creer que podría casarme contigo sin amor. Te he decepcionado, y lo siento.

Belinda no podía hablar. Agarró con tanta fuerza la copa que temió que se hiciera añicos en sus dedos. Luc volvió a mirarla. Belinda sintió sus ojos como si fueran la caricia de sus manos mientras le deslizaba la mirada por el rostro y el cuello antes de volver a mirarla a los ojos, que sin duda reflejaban confusión.

—Esto ha terminado —la voz le sonaba ronca, como si tuviera algo en la garganta—. Manu te ha hecho un par de maletas, y te enviará el resto. Jeremy te espera en el helipuerto.

Luc se puso de pie y la tomó de la mano. Belinda creyó por un instante que se la iba a estrechar como si estuviera cerrando un asunto de negocios, pero entonces Luc se la llevó a los labios y le depositó un beso en los nudillos antes de volver a colocársela sobre el regazo.

—Vete —le dijo, y volvió a girarse hacia la ventana.

Belinda se puso de pie. Le temblaban las piernas, y dejó cuidadosamente la copa de vino sobre la mesa. Le faltaban las palabras. Era libre para marcharse. Era lo que había deseado desde que recobró la memoria. Salió del despacho sin mirar atrás y se dirigió directamente a la puerta de entrada, por donde salió de la casa para dirigirse al helipuerto. Oyó el sonido del aparato calentando motores, dispuesto a llevársela lejos de Tautara, lejos de Luc.

Manu acababa de cargar la última maleta en la bodega del helicóptero cuando Belinda se acercó. Sus ojos oscuros parecían preocupados cuando se paró delante de él sin saber qué decir. Entonces Manu abrió los brazos y se refugió en ellos.

–Voy a echaros de menos, chicos –dijo con rigidez mientras Manu la ayudaba a subir al compartimento de pasajeros.

–Nosotros también a ti. Nunca creí que te dejaría ir, Belinda. Contigo era distinto, ¿sabes? Más humano –Manu sacudió la cabeza–. No le juzgues con demasiada severidad, ¿vale? Le conozco de toda la vida. En el fondo es un buen hombre. Un hombre fuerte. Pero hay demonios de los que no puede librarse.

–¿Por qué no me hablas de esos demonios, Manu? Tal vez eso cambiaría las cosas.

–No soy yo quien debe hacerlo. Confío en que algún día esté preparado para contártelo él mismo –se encogió de hombros con impotencia–. Es muy obstinado. Siempre lo ha sido.

Belinda asintió con tristeza. No había nada más que pudiera hacer. Nadie podía hacer nada.

Cuando el helicóptero se elevó y comenzó a dar vueltas en círculo por encima de la hacienda antes de descender hacia el valle, Belinda apoyó la cabeza contra el asiento. Sentía como si la estuvieran arrancando del lugar al que pertenecía, y sin embargo ya no pertenecía a Tautara. Ya no pertenecía a ningún sitio.

Todavía había luz cuando el helicóptero se aproximó al aeropuerto de Auckland. Al asomarse, Belinda distinguió el Mercedes oscuro y el chófer uniformado que la estaba esperando al lado. Debería sentirse feliz por estar libre. Libre para empezar de nuevo, para llevar la vida que siempre había deseado.

Cuando se quitó el cinturón de seguridad, lo hizo con manos temblorosas.

—Enviaré el equipaje después —le dijo Jeremy mientras el chófer abría la puerta del Mercedes para recibirla—. Luc dijo que estaría usted deseando llegar a casa, así que no hace falta que espere.

—No —Belinda se quedó sentada donde estaba.

—¿Prefiere que lo baje ahora? —Jeremy parecía desconcertado.

—No, no quiero que lo bajes. Vas a volver a Tautara, ¿verdad?

—Cuando haya cargado combustible. Pero... señora Tanner, ¿no quiere su equipaje?

—Claro que lo quiero. Pero quiero que vuelva conmigo. Vas a llevarme de regreso.

—¿Vuelve a Tautara? —una sonrisa de oreja a oreja iluminó el rostro de Jeremy.

—Vuelvo con Luc.

—¿Cómo que se ha ido? —le preguntó Belinda a Manu cuando recibió la noticia al llegar a la hacienda.

—Media hora después de que tú te fueras, me dijo que se iba. Dijo que necesitaba marcharse un tiempo para pensar. ¿Quieres que meta tus cosas en casa? —Manu dio un paso adelante para agarrarle las maletas.

—No —respondió ella con voz pausada—. Será mejor que me vaya. No tiene sentido que me quede aquí. Lo siento. No debería haber regresado.

Ahora le quedaba claro que Luc no tenía sitio para ella en su vida ahora que había tomado la decisión de dejarla marchar, y aquella certeza se le clavó en el corazón como una cuchilla de afeitar. El viaje de regreso a Auckland fue dolorosamente rápido, y esa vez no puso objeciones cuando Jeremy la metió en la limusina y la envió a casa de sus padres. Lo único que deseaba hacer en aquellos momentos era meterse en un agujero profundo y cuidar de su alma herida.

Dos semanas después, seguía igual de mal. Ni siquiera trabajar en los extensos jardines de sus padres le ofrecía consuelo. Llamaba todos los días a Manu, pero no había conseguido saber nada sobre el paradero de Luc. Lo único bueno era que había recibido un correo electrónico de su padre contándole que el tratamiento de su madre estaba a punto de terminar y que todo había ido de perlas.

Belinda se sintió sofocada en el interior de la casa y salió al jardín. El sol había comenzado a descender en el cielo, repartiendo una luz dorada por la vegetación. Por un instante, se arrepintió de haberle dado la noche libre al ama de llaves de sus padres. Nunca se había sentido tan desesperadamente sola como en aquellos momentos.

El sonido de unos pasos sobre las hojas caídas le hizo darse la vuelta. El corazón le latía con fuerza al pensar que un intruso pudiera haber entrado en la propiedad.

¡Luc!

Luc sintió una tirantez en el pecho cuando se detuvo sobre sus pasos, fascinado al verla. Unas semanas atrás pensó que no volvería a verla nunca. Sus ojos bebieron de su belleza, se moría por estrecharla entre sus brazos.

Belinda dio un paso hacia delante con la mano extendida, pero luego la dejó caer a un lado.

Luc se aclaró la garganta antes de hablar.

–¿Volviste a Tautara?

–Sí.

–¿Y por qué, si te había dejado marcharte?

–No me preguntaste si quería irme.

La esperanza latía con fuerza en el corazón de Luc. ¿Todavía quería estar con él?

–Pensé que era obvio que sí. Tú ya no me amas. Te negaste a tener un hijo mío.

–Y sin embargo, volví, pero tú ya no estabas. ¿Por qué, Luc? Tautara es tu hogar, tu sueño. ¿Por qué te marchaste?

–Te echaba de menos –respondió con suavidad.

Belinda se quedó muy quieta, absolutamente conmocionada.

–¿Por qué?

Luc fue incapaz de responder durante un instante, se negaba a dar voz a las palabras que estaban deseando salir.

–¿Luc?

–Te amo. No quería amarte. No quería amar a nadie. Creí que eso me haría débil, que sólo serviría para darles a los demás la oportunidad de hacerme daño –Luc le agarró la mano–. Pero tú me has demostrado que no es así. Me has enseñado que amar a alguien y dejarte amar te hace más fuerte. Y no puedo imaginarme la vida sin ti. Esta vez quiero hacer las cosas bien. Bueno, si me aceptas.

–Siempre has sido el dueño de mi corazón. Pero me hiciste mucho daño. Me sentí traicionada cuando redujiste nuestro matrimonio a un acuerdo empresarial. Y me preguntaba una y otra vez cómo podía seguir amándote después de que me hubieras utilizado de semejante manera. En la vida no existen las respuestas fáciles, Luc. Creo que a veces tenemos que aceptar las cosas como son, pero es importante aceptarlas para seguir adelante. No debemos quedarnos atrapados en el pasado. Durante las últimas semanas he pensado mucho en el amor y en el perdón. Van de la mano. Yo puedo perdonarte por lo que hiciste, pero sólo si tú dejas atrás lo que te hizo actuar así.

–¿Estás diciendo que me vas a dar otra oportunidad?

–Tú me amas, Luc. Lo sé en lo más profundo de mi corazón. Si no me amaras, no me habrías dejado marchar.

–Sí te amo. Creo que te he amado desde el principio. Permití que el pasado me impidiera aceptar mis auténticos sentimientos hacia ti. Te pido que me des otra oportunidad. Empecemos nuestro matrimonio desde cero. Fresco. Nuevo. Del modo en que debimos empezar la primera vez. Para bien o para mal, te amo. Podemos hacer que esto funcione. Podemos construir sobre lo que tenemos siempre y cuando nos tengamos el uno al otro. Y podamos confiar el uno en el otro –dijo tomándola de la mano.

–Sí. Podemos. Y lo haremos. Oh, Luc, te quiero tanto…

Él la atrajo hacia sí, al lugar al que pertenecía. Algún día lo compartiría todo con ella: su pasado, sus padres, incluso le hablaría del viejo señor Hensen. Pero por el momento, había dado comienzo la curación, y todo gracias a la mujer tan maravillosa que tenía entre los brazos.

–Sin ti soy un hombre a la mitad. Dejarte marchar ha sido lo más duro que he hecho en toda mi vida. No volveré a cometer el mismo error jamás.

Y no lo hizo.

Deseo™

El corazón del millonario

Maureen Child

La noticia de que el romance con Jenna Baker había desembocado en el nacimiento de dos preciosos niños fue muy difícil de digerir para Nick Falco. El magnate nunca se había considerado de los que sentaban la cabeza, pero ahora que sabía que era padre tenía intención de darles su apellido a sus hijos.

Pero Jenna no estaba dispuesta a dejar que regresara a su vida… a menos que dijera aquellas dos palabras que Nick no había pronunciado jamás.

No pensaba dejarlo volver si no era por amor

Acepte 2 de nuestras mejores novelas de amor GRATIS

¡Y reciba un regalo sorpresa!

Oferta especial de tiempo limitado

Rellene el cupón y envíelo a
Harlequin Reader Service®
3010 Walden Ave.
P.O. Box 1867
Buffalo, N.Y. 14240-1867

¡Si! Por favor, envíenme 2 novelas de amor de Harlequin (1 Bianca® y 1 Deseo®) gratis, más el regalo sorpresa. Luego remítanme 4 novelas nuevas todos los meses, las cuales recibiré mucho antes de que aparezcan en librerías, y factúrenme al bajo precio de $3,24 cada una, más $0,25 por envío e impuesto de ventas, si corresponde*. Este es el precio total, y es un ahorro de casi el 20% sobre el precio de portada. !Una oferta excelente! Entiendo que el hecho de aceptar estos libros y el regalo no me obliga en forma alguna a la compra de libros adicionales. Y también que puedo devolver cualquier envío y cancelar en cualquier momento. Aún si decido no comprar ningún otro libro de Harlequin, los 2 libros gratis y el regalo sorpresa son míos para siempre.

416 LBN DU7N

Nombre y apellido	(Por favor, letra de molde)

Dirección	Apartamento No.

Ciudad	Estado	Zona postal

Esta oferta se limita a un pedido por hogar y no está disponible para los subscriptores actuales de Deseo® y Bianca®.
*Los términos y precios quedan sujetos a cambios sin aviso previo.
Impuestos de ventas aplican en N.Y.

SPN-03 ©2003 Harlequin Enterprises Limited

Julia

Hacía mucho que Sophie Baldwin no creía en fantasías, ni siquiera estaba segura de creer aún en el amor. Hasta que apareció en su puerta un guapo desconocido y se la llevó a un exótico reino.

Luc Lejardin tenía la misión de llevar a Sophie a St. Michel, donde debía ocupar su lugar en la realeza francesa. Como primera en la línea de sucesión al trono, Sophie necesitaba su protección permanentemente, pero vigilarla iba a ser una misión mucho más difícil de lo que parecía a simple vista. ¿Cómo iba a pensar en el trabajo cuando lo único que quería era estrechar a la hermosa princesa en sus brazos?

La hija secreta del rey

Nancy Robards Thompson

Érase una vez una madre soltera que descubrió que en realidad era una princesa…

Bianca™

Sólo la seducción le ayudaría a saldar viejas deudas…

Antonio Díaz había tomado la decisión de vengarse: seduciría a la inocente hija de su enemigo y luego se casaría con ella. Llevar a cabo el plan no iba a ser ninguna tortura porque Emily Fairfax era tan bella como inocente.

Emily no tardó en darse cuenta de que Antonio estaba chantajeándola, pero no podía evitar que su cuerpo la traicionara cada noche, cuando la pasión hacía que se olvidara de la ira y se dejara llevar por el deseo.

Días de ira, noches de pasión

Jacqueline Baird